봄비

봄비

한경화 소설

산지니

차례

종점

1

이삿짐이라고 해봐야 트렁크 하나가 전부였다. 나는 트렁크 하나만 들고 미용실에 들어가기가 싫었다. 종점에서 내려 꽃집으로 들어갔다. 무엇을 사기 위해 계획하고 들어선 것이 아니어서인지 입구에서부터 쭈뼛거렸다. 그런 나를 보는 줄 알았는데 주인은 트렁크를 보고 있었다. 나를 집 나온 여자쯤으로 보는 듯했다. 빨리 그 자리를 벗어나고 싶었다. 아무거나 하나 들고 계산한다는 것이 입구에 세워놓은 베고니아 화분이었다.

"옆에 미용실 아시죠?"

"종점 미용실?"

"네, 제가 오늘 거기로 이사 왔거든요. 허전해서 화분 하나 사려고요."

"아, 네."

꽃집 여자가 묻지도 않았는데 도둑이 제 발 저리다고 내 얘기를 하고 말았다. 여자는 무신경하게 대답하고는 베고니아를 가슴팍에 안겨주었다.

트렁크에 화분 하나 들고 들어서니 이사가 끝났다. 화분 내려놓을 자리를 찾지 못해 가게 한가운데 우두커니 서 있었다. 전 주인이 쓰던 짐을 고스란히 물려받은 나는 남의 가게에 무단 침입한 것처럼 어색해서 앉지도 서지도 못하고 있었다.

얼마 전 나는 생활정보지를 펼쳐놓고 미용실을 할 만한 자리를 찾다가 한 군데를 찾아냈다. 전화를 받은 사람은 할머니였고, 위치를 가르쳐주었다.

"할머니, 버스에서 내렸는데 어디로 가면 되나요?"

"색시야, 거기서부터 걸으면 삼십 분은 족히 걸어야 하는데 괜찮겠나? 그러지 말고 위쪽으로 조금만 올라가면 마을버스 정류소가 있어요. 거기서 1번 타고 종점에서 내리면 내가 나가서 기다릴게."

전화로는 이곳에서 내리라고만 했지 버스를 갈아타고 종

점까지 가야 한다는 말은 없었다. 할머니와 했던 통화를 다시 떠올려도 그런 대화는 좀처럼 떠오르지 않는다. 더구나 마을버스 종점이라니.

종점으로 가기 위해 마을버스를 탔다. 버스는 끝도 없어 보이는 가파른 길을 달려 종점에 도착했다. 버스에 탄 사람들이 모두 내리고 운전기사가 시동을 꺼버리자 종점에 도착했다는 것을 알 수 있었다. 상가의 간판들이 그곳이 종점임을 말해주고 있었다. 종점 슈퍼, 종점 빵집, 종점 부동산, 그리고 종점 미용실이 있었다. 내 전화를 받고 급하게 나왔는지 주인집 할머니는 실내에서 입는 얇은 옷차림 그대로였다. 밖에서 기다린 탓에 추운지 팔짱 낀 어깨를 떨며 황급히 내 쪽으로 다가왔다.

"색시 맞지?"

"네."

주인 할머니는 셔터를 올리고 열쇠로 가게 문을 열더니 먼저 들어가라며 한 발 물러섰다. 앞에 커다란 거울이 딸린 미용 의자가 세 개 있고, 기다리는 손님을 위한 소파는 암갈색으로 쿠션이 여인네 가슴만큼이나 부풀어 있었다.

내 뒤를 따라 가게 안으로 들어선 할머니가 말했다.

"보기에는 이래도 색시만 부지런하면 혼자 먹고사는 데

는 문제없어요. 혼자라 했지?"

"네."

"그래, 전에 일하던 색시도 혼자 일했지."

"그런데 왜 도망갔어요?"

"내가 전화로 대충 말했지만, 욕심이 많아서 그랬지. 이 산비탈 종점에 누가 머리를 얼마나 한다고 저 기계며, 시설 해놓은 것 좀 봐요. 가격은 또 얼마나 비싸게 받았다고."

"저는 이런 기계 필요 없어요."

"색시야, 그래도 그런 소리 마라. 저 아래 부자 동네에 사는 우리 딸이 그러는데, 요즘 이런 기계 없으면 미용실 못 한다고 하더라. 내가 중고로 팔아 밀린 세라도 해볼라고 했더니, 우리 딸이 그거라도 없으면 누가 가게에 들어오겠냐며 그냥 두라 해서 뒀지. 다 쓸모 있을 거다. 그러니까 이 기계, 간판 다 그냥 쓰고, 고마 이 가게 색시가 한번 해봐요."

"할머니, 저는 달세 말고 전세로 하고 싶은데요."

"전세는 안 된다. 나도 생활비가 필요해서 안 그러나. 내가 세를 조금 깎아줄 테니 달세는 꼭 줘야 한다. 알겠지? 그럼 복덕방으로 가서 계약서 쓰자. 내가 복덕방 영감을 좀 안다. 그래서 수수료도 안 받고 계약서 써주기로 안 했나."

주인집 할머니는 나를 중개인 사무실로 끌고 갔다. 할머니를 보자 중개인 할아버지는 나중에 막걸리나 한 되 받아 오라며 계약서를 쓰기 시작했다. 계약서에 찍을 도장을 찾는 복덕방 할아버지 말에 할머니는 급하게 나온다고 도장을 집에 두고 왔다며 일어섰다. 불편한 내 마음을 알기나 하는 것처럼 복덕방 할아버지는 돋보기 너머로 나를 올려다보더니 계약서 쓰던 손을 멈추고 돋보기를 머리 위로 올렸다.

"종점에 살아본 적 있는가, 처자는?"

"아니요. 처음입니다."

"종점은 말이지, 목적지의 끝이 아니라 새롭게 출발하기 위해 잠시 머물다 가는 곳이지."

"네에?"

"지금 내가 하는 말이 무슨 뜻인지 종점에서 살아보면 알 거요. 버스를 타고 가다 보면 어딘가에서 내리기 위해 신경을 써야 하거든. 나는 종점에 살기 때문에 그런 신경은 쓰지 않고 편하게 차창 밖을 보며 집으로 온다우. 거리의 풍경이나 지나가는 사람들도 구경하고, 운 좋은 날에는 죽은 할멈을 닮은 사람도 보고…… . 모두 공짜거든."

할머니가 내려오자 할아버지는 다시 돋보기를 내려 쓰고는 계약서를 쓰기 시작했다. 돋보기 속 할아버지의 눈이 커다랗게 보였다.

"자, 이제 모두 끝났습니다. 이제 처자가 미장원 주인이
야."

휴대폰이 울려 들여다보니 엄마 전화다. 스팸전화처럼 전
화를 끊었다. 나는 아직도 엄마 전화는 어색하고 불편하다.

"색시 왜 그래? 나쁜 전화야?"

뜻밖에 할머니가 물었다.

"아녜요. 아무것도."

나는 심드렁하게 대답하고는 휴대폰을 외투 주머니에 넣
었다.

2

이사를 마쳤지만 미용실에 손님은 없었다. 젊은 사람들
은 저녁 퇴근시간 무렵이 돼서야 하나둘 모습을 보였다. 나
는 그들 머리 모양부터 살폈다. 파마를 자주 하거나 헤어스
타일에 신경 쓰는 사람들은 몇 명 안 되어 보였다. 새로 오
픈 한다고 전단지를 돌리거나 행사풍선 따위를 세워두거나
하지는 않았다. 그저 낮이고 밤이고 환하게만 불을 밝혀놓
았다.

사흘째 미용실에는 아무도 찾아오지 않았다. 저녁이 되자 나는 허기진 배를 채우기 위해 먹을 만한 것을 찾아보았다. 다행히 미용실 안쪽에 살림방 하나와 부엌이 딸려 있어서 기거하는 데는 별 문제가 없었다. 부엌에 있는 냉장고는 텅 비어 있었다. 라면이라도 끓여 먹을까 하며 주방으로 가서 냄비에 물을 받았다. 주방 벽을 타고 기괴한 소리가 들렸다. 물 받던 냄비를 내려놓고는 소리 나는 쪽으로 가서 바짝 귀를 붙였다. 처음에는 옆집에서 싸우는 소린가 했다. 소리는 들리다 말다 했지만 나는 무슨 소리인지 알 것 같았다. 세상에, 초저녁부터 이게 뭣 하는 짓이야. 그러면서도 나도 모르게 귀를 기울였다.

여자는 지금 사랑하기가 싫다. 그것도 모르고 남자는 어떻게든 오래 버텨보려 애쓴다. 여자의 신음소리만 들어도 그 소리가 정말 좋아서 내는 소리인지 아니면 남자를 빨리 떼내려 억지로 내는 소리인지 알 것 같다. 나는 속으로 픽 웃었다. 여자의 비명 같은 신음소리가 높아지다가 흔적 없이 사그라졌다. 남자의 거친 숨소리만이 벽을 타고 전해졌다.

나는 내려놓았던 냄비를 다시 집어 들었다. 냄비 안의 물이 기분 나쁘게 맑아 보였다. 라면 끓이기가 싫어졌다. 냄비에 받아두었던 물을 그대로 개수대에 부어버리고는 어제 먹다 남은 바게트와 커피를 들고 가게 앞에 쪼그려 앉았다. 가게 앞 고목 사이사이로 불빛들이 반짝였다. 별처럼 빛이 하나둘 늘어나더니 삽시간에 별천지를 이루었다. 언덕배기에 있는 종점에서만 볼 수 있는 밤 풍경이었다.

이런 저녁이면 나를 잡아끌고 어딘가로 가기를 좋아한 남자가 생각났다.

"우리 소풍 가자."

"소풍? 이 밤에? 나 피곤해. 오늘도 손님이 어찌나 많던지 점심도 제대로 못 먹고 일했어."

나는 언제나 남자의 요구를 밀어내기 급급했다.

"내가 멋진 스카이라운지에서 기가 막힌 저녁 살게."

"자기가 돈이 어딨다고? 유 사장 보고 죽도록 배달만 시키지 말고 월급이나 올려달라고 해."

싫다는 나를 끌고 그가 향한 곳은 황령산이었다. 전철에서 내려 산 입구까지 택시를 탔다. 정말 스카이라운지에서 내려다보는 것처럼 화려한 불빛들이 발아래서 반짝였다. 우리는 그 불빛들을 바라보며 포장마차에서 우동과 김밥을 먹었다. 허기를 채운 후 벤치에 앉기 위해 떨어진 벚꽃 잎을 손으로 쓸었다. 나무에 달려 있던 꽃잎들은 스르르 떨어져 날아올라 어디론가 사라졌다. 날리는 꽃잎 아래로 별들이 반짝였다. 별빛 같은 불빛을 바라보며 그가 말했다.

"나는 말이야, 꼭 성공해서 저 아래 별빛 같은 집에서 살 거야. 아파트 제일 높은 꼭대기 층에서 살 거라구."

그는 추운지 몸을 웅크렸다.

"어떻게 성공할 건데…… 계획은 있고? 나는 맨 꼭대기는 싫어."

"음, 내가 생각해둔 게 있긴 하지. 네가 잘 몰라서 그러는데 제일 꼭대기 층이 제일 비싼 집이야."

"뭔데? 나도 그 계획에 있는 거야? 아무리 생각해도 맨 꼭대기는…… 생각만 해도 어지러워."

그날 그가 뭐라 대답했는지 기억나질 않는다. 그가 어떤 계획을 세웠든 간에 내 존재는 그의 대답 속에 포함되지 않았다. 그것이 그의 대답이 아닐까! 어쩌면 그는 이미 나를 떠날 준비를 하고 있었는지도 모르겠다. 그는 지금쯤 맨 꼭대기 집에 살고 있을까?

나는 딱딱해진 빵을 뜯어 커피에 살짝 적셔 입에 밀어 넣고는 꼭꼭 힘줘 씹었다. 빵 맛을 느끼기도 전에 담배 냄새가 나를 자극했다. 돌아보니 긴 치마를 입은 젊은 여자가 치맛자락을 둘둘 말아 무릎에 꽉 끼우고는 하얀 다리를 드러내 놓은 채로 담배를 피우고 있었다. 여자는 담뱃재를 떨어뜨리며 나를 돌아보았다. 그녀의 커다란 눈망울은 솔직해 보였고, 솜털이 가시지 않은 얼굴은 유쾌한 개구쟁이를 닮아 있었다.

"어제 이사하는 거 봤어요. 한쪽 손에 작은 베고니아 화분 들고…… 언니 옆집 살아요."

그녀는 조금 전 들었던 기괴한 소리의 주인공이었다. 그녀가 무방비로 지르던 소리가 생각나 나도 모르게 미소 지으며 고개를 끄덕였다.

"우리가 좀 시끄럽죠? 저 인간이 원래는 안 그랬는데 직장 잘리고 난 다음부터 저래요. 초저녁만 되면 환장을 하고 덤벼요. 그렇게라도 소리 지르지 않으면…… 방음이 잘 안 되는 줄 알면서도 어쩔 수 없었어요."

나는 이번에는 다 이해한다는 듯이 더 크게 고개를 끄덕였다.

"언니라고 불러도 되죠? 저는 예슬이라고 해요, 윤예슬. 우리 아버지가 삼류 가수였거든요. 예술처럼 멋지게 살라고 아버지가 지은 이름이에요."

"네… 예슬 씨……."

"이름처럼 예술 하는 남자를 만났죠. 남편이 지금은 놀고 있지만 못 다루는 악기가 없어요. 기타, 드럼, 그리고 색소폰도 불 줄 알아요. 우리 아버지 따라다니며 뒤에서 반주도 하고, 심부름도 하는, 뭐 그런 따까리 같은 사람 있잖아요."

"네."

"나는 스무 살. 그쪽이 언니 맞죠?"

"네……."

예슬이는 다리 사이로 아무렇게나 뻗어 나온 하얀 속살을 감추고는 노래를 불렀다. 아마도 가끔 이곳에 앉아 노래를 불렀는지 그 모습이 꽤나 자연스럽다.

봄날은 가네 무심히도 꽃잎은 지네 바람에
머물 수 없는 아름다운 사람들

김윤아란 가수가 부른 '봄날은 간다'였다. 예슬이는 1절을 다 못 부르고 노래를 중단하더니 나를 돌아보았다.

"언니, 염치없는 소리지만 저녁밥 안 했어요. 사실은 배가 고파서 나왔어요. 언니 집에서도 음식 냄새가 통 나질 않던데…… 노래하니 더 배가 고파요."

나는 먹던 빵을 그녀에게 건네주었다. 그녀는 한 번의 사양도 없이 빵을 받아 먹었다. 목이 막히지 않게 커피도 함께 마시라며 밀어주었다. 커피는 아직 따뜻했다. 보일 듯 말 듯 커피 잔에서 하얀 기운이 오르고 있었다. 예슬은 까만 콩처럼 동그란 눈을 크게 떠 보이더니 말했다.

"임신 중이에요."

"몇 개월이에요? 아직 표가 많이 나지 않는데……."

"6개월쯤 됐는데…… 표가 안 나요?"

"말하지 않았으면 몰라봤을 거예요."

"이제 와서 어떻게 할지 고민이에요."

"뭐를요?"

"낳아야 할지 말아야 할지……. 이 애를 낳는다는 건 지금의 이 인생을 그대로 받아들여야 한다는 뜻이거든요. 저 인간 믿다간 영영 이 종점에서 못 벗어날 것 같고, 언니라면 어떡하겠어요?"

"나라면……."

그가 떠나고 혼자 남은 나는 두려움에 떨었다. 아이를 어찌해야 할지 몰라 떨었고, 결혼도 안 하고 남자와 살림부터 차린 죄책감에 떨었다.

유 사장은 배달하는 청년이 성실하고 착하다며 만나보라고 했다. 그때 나는 고시촌을 전전하고 있었다. 그는 적성에도 맞지 않는 대학을 다녔다고 했다. 부모의 억압에 눌려 찌

들대로 찌들어 영혼이 황폐해졌다고 했다. 그는 부모의 인형처럼 입으라는 옷을 입고 메라는 가방을 메고, 다니라는 학교에 다녔다고도 했다. 그러다가 군대엘 갔고, 제대하자 부모와 연락을 끊은 상태였다. 나 역시 공부에는 관심이 없었다. 고등학교를 졸업하자 곧바로 가출을 했다. 여기저기 일 년쯤 흘러 다녔다. 나를 포기하지 않은 끈질긴 엄마의 노력으로 고시촌에도 정착하고 미용학원도 다녔다. 그런 우리가 동거를 시작한 건 겨울이 지나면 봄이 오는 것처럼 어쩌면 당연한 일인지도 몰랐다.

혼자 아이를 낳을까도 생각했다. 엄마는 이런 일에 깊은 생각 따위는 아무런 도움이 안 된다고 잘라 말했다. 다른 여자하고 결혼한 남자를 찾아가 뭘 할 수 있느냐며, 차라리 그가 임신 사실조차 모르고 떠난 것이 잘된 일이라고까지 했다. 누구도 모르게 조용히 처리하고 새로운 삶을 살라고 나를 설득했다. 나는 판단이 서질 않았다. 망설이는 나와 엄마 사이에 실랑이가 길어졌다. 뱃속에서 아이는 꼬물꼬물 자신의 존재를 알렸다. 9개월이었다. 생명에 대한 두려움. 이번에는 이번만큼은 엄마의 말을 들어야 할 것만 같았다. 나는 엄마 손에 이끌려 병원으로 갔다.

'저 아래 반짝이는 불빛을 봐. 우리 집이 거기에 있어.' 그

의 목소리가 들렸다. 황령산에서 바라보던 불빛들이 내 몸을
감싸는 듯했다. 나는 그를 따라 달리고 웃었다. 한참 달리던
나는 맨발이었다. 발에 통증을 느낄 때쯤 엄마의 목소리가
들렸다. 나는 눈을 떴다. 병원 침대에 누워 있었다. 내 속에는
더 이상 아이가 없었다.

3

다음 날 예슬이는 미용실 문을 열자 기다렸다는 듯이 안
으로 들어와 앉았다. 나는 그녀를 내쫓을 이유가 없었다. 아
침을 먹이기 위해 예슬이를 가게에 앉혀두고는 시장을 봐서
밥을 했다. 예슬이는 반찬도 없는 뜨거운 밥을 호호 불어가
며 잘도 먹었다.

"머리 좀 다듬어줄까?"

오전이 지나도록 가게에는 찾아오는 사람 하나 없었다.
지겨워진 내가 먼저 제안했다.

"그래도 돼요?"

"그럼. 원하는 스타일 있으면 말해."

우리는 손님을 기다리는 동안의 지겨움을 달래기 위해 처

음에는 컷을 했고, 다음에는 파마를 했다. 마지막에는 염색
도 했다. 예슬이는 붉게 염색한 머리가 맘에 드는지 자꾸만
거울 앞에 서서 비춰 보았다.

"언니, 제가 왜 빨간색으로 염색해달라고 했는지 알아
요?"

"글쎄, 제일 좋아하는 색이라서?"

"아니요, 우리 집이 가난해서 유치원을 못 다녔거든요. 유
치원 애들이 빨간 옷을 입고 빨간 가방을 메고 빨간 모자를
쓰고 지나갈 때면, 혼자 숨어서 지켜보고 그랬거든요."

미용실 불을 켜둔 지 일주일째가 되자 퇴근길에 지나가
던 사람들이 관심을 갖기 시작했다. 문을 밀고는 얼굴만 삐
죽 들여놓은 채 주인이 바뀌었냐고 물었다.

"예, 이분이 원장님이세요. 정말 머리 잘해요. 제 머리도
원장님이 한 거예요."

예슬이의 머리를 보고 갔던 손님이 문 닫을 시간이 되어
갈 때쯤 다시 와서는 커트를 하고 갔다. 그 후로 조금씩 손님
들이 늘어났다. 싼 가격 탓에 입소문도 났다. 주인집 할머니
는 가끔 머리 하러 와서는 늘어나는 손님들을 보고 자신의
일처럼 좋아했다.

예슬이는 본격적으로 미용 기술을 배워보겠다며 보조로 나섰다. 말수가 없고 퉁명한 나와는 다르게 입담 좋은 예슬이는 곧잘 우스갯소리도 해가며 손님들 비위를 잘 맞추었다. 예슬이가 미용실 일을 도우면서부터 손님이 더 늘어났다.

한참 모든 일이 잘되어가던 어느 날 밤, 샴푸실에서 청소를 하던 예슬이가 비명을 지르며 주저앉았다. 앞이 하얘지면서 도저히 일어설 수가 없다고 했다. 나는 단번에 애 때문이라는 생각이 들었다. 무작정 모든 걸 던져놓고 지나가는 택시를 잡아 예슬이를 태워 아랫동네로 갔다. 제일 먼저 눈에 띄는 산부인과 건물로 들어갔다. 허름하고 을씨년스런 병원이었다. 진료실 침대에 예슬을 눕히고 있으니까 자그마한 간호사가 안으로 뛰어가더니 한참 만에 가운 입은 여자가 들어왔다. 나이가 꽤 들어 보이는 여의사였다. 그녀가 손에 든 차트에 시선을 고정한 채 말했다.

"미용실에서 일한다고요? 과로해서 그래요. 병원도 주기적으로 다니는 것 같지 않네요. 임신 6개월째부터는 철분제에 비타민도 먹어야 하는데…… 혹시, 약은 먹고 있나요?"

여의사 말에 내 얼굴이 붉어졌다. 예슬이를 그렇게 돌보지 못한 것이 다 내 잘못처럼 느껴졌다. 의사가 주사를 놓고 링거를 꽂았다. 새하얗던 예슬이의 혈색이 점점 돌아오고 있었다.

"선생님, 온 김에 아예 낙태 수술을 받았으면 하는데요."

예슬이가 갑자기 여의사를 향해 말했다.

"그건 무슨 소리예요?"

차트에 뭔가를 쓰던 의사가 예슬이를 내려다보았다.

"그동안 결심이 서지 않아 망설였는데…… 오늘 여기 와서 결심이 섰어요. 무린 줄 알지만 낙태시켜 주세요. 도무지 애를 키울 능력도, 자신도 없어요."

의사는 예슬이와 내 얼굴을 물끄러미 바라보고는 말했다.

"개월 수가 많아 수술하기에는 늦었습니다. 아직 나이도 어리고, 다시 임신하고 출산을 하려면 일반적인 소파수술보다는 약물을 주입해 일단 출산을 하는 것이 어떨까 합니다."

무슨 말인지 알 수 있었다. 약물을 넣어 억지로 아이를 끄집어낸 뒤 그 자리에서 죽이거나, 죽을 때까지 방치한다는 뜻일 것이다. 나와 똑같은 상황이었다.

"결심이 섰다니 수술실로 옮길까요?"

의사는 차갑게 말했다.

"안 돼요."

나는 소리를 질렀다.

"댁은 누구세요?"

의사가 물었다.

"얘 언니예요. 지금 얘가 정신이 없어 하는 헛소리예요. 그걸 곧이곧대로 듣지 말라구요. 애는 꼭 낳을 거에요."

누워 있던 예슬이도 입을 딱 벌리고 나를 쳐다봤다.

"참 별난 사람들이네."

여의사는 덤덤하게 말하고 밖으로 나갔다.

"아이는 낳아. 설사 종점 인생이라 하더라도 살기 나름 아니겠어? 종점을 출발점으로 만드는 건 너 하기 나름이야. 애는 함부로 지우는 게 아니야. 아무리 네 뱃속의 애라도 그럴 권리는 없어."

나는 겨우 예슬이를 설득시켰다. 그동안 어째서인지 머릿속에서 자꾸만 그의 얼굴이 떠올랐다.

2박 3일의 짧은 출장이라고 했다. 그를 나에게 소개해준 미용 재료 상회의 유 사장이 사업 확장을 계획하고 있다고 했다. 그가 없는 동안 나는 임신 사실을 알았다. 그에게 말을 해야 하나 잠시 망설였다. 무슨 바보 같은 생각을 하나 싶었다. 그의 사랑을 의심하다니. 나는 두 줄의 붉은색이 선명한 임신 진단 테스트기를 쓰레기통에 던져버리고는 된장국을 끓였다. 하얀 속살이 드러나도록 오이를 깎았다. 나는 아삭 아삭 씹히는 오이껍질 맛을 좋아해 껍질이 남아 있도록 드문드문 깎아 초무침을 했다. 그러면 그는 오이에 손도 대지 않았다. 오이 무침으로 향하던 손을 멈칫하며 그가 말했다.

"오이는 하얀 속살이 드러나도록 맨들맨들 깎아서, 물기가 뚝뚝 흐르는 것을 무친 것이 제 맛인데."

그러면서 입맛만 다시고는 먹지 않았다. 나는 언제부턴가 그의 입맛대로 깎은 오이 무침을 밥상에 올렸다. 버려진 오이 껍질이 초라해 보였다.

저녁을 차린 밥상을 신문지로 덮어 방 한쪽에 밀어 놓았다. 방 안에서 손만 뻗으면 된장국 냄비가 닿을 만큼 주방은 가까이에 있었다. 그의 발소리가 들리면 나는 재빠르게 일어나서 가스레인지에 불을 켤 것이다. 주변이 어두워지고 있었다. 나는 왠지 불을 켜고 싶지가 않았다. 불 꺼진 방은 어둡고 고요했다. 참고 기다리면 그가 출장을 마치고 방 안으로 들어와 벽의 스위치를 눌러 불을 켜줄 것이다. 나는 그 순간을 기다리며 우두커니 앉아 있었다. 어두워지자 천장에서 쥐들이 바삐 움직였다. 천장을 올려다보았다. 쥐 오줌 자국에 천장은 얼룩덜룩했다. 여름이 지나고 나면 집주인에게 얘기해 다시 도배를 해달라고 부탁해야지 하고 마음먹었다. 아이가 태어날 거라고 얘기하면 아무리 독한 주인이라도 다시 도배 정도는 해줄지도 모를 일이었다. 쥐들이 움직이는 소리가 거슬렸지만 뱃속의 아이 때문에 자꾸만 눈이 감겼다. 한기 때문에 잠에서 깨어났다. 오래된 철제 대문이 삐걱거렸다. 이웃 방에 세 들어 사는 아저씨가 아내의 배웅을 받으며 일하러 가는 모양이었다. 새벽을 여는 발걸음 소리가 이리저리 흩어졌다.

그는 돌아오지 않았다. 나는 그 후로 그를 보지 못했다. 사방으로 그를 찾아 헤맸다. 유 사장을 찾아가 그가 어디 있는지 말해달라고 했다. 그 방법이 먹히지 않자 나는 임신했다며 울어버렸다. 유 사장은 화들짝 놀라며 그는 마들렌 미용실 원장과 이 도시를 떠났다고 했다.

4

예슬이가 퇴원하던 날 밤 나는 엄마에게 이사했다고 전화를 했다. 통화 내내 불편한 심기를 보이던 엄마가 종점이라는 말에 앞뒤 없이 나를 나무라기부터 했다.

"왜 하필 그 동네야? 그 동네에서 미용실 하기에는……. 다른 곳으로 옮기자."

"계약서도 썼고, 손님도 하나둘씩 늘어나고 있으니 조금만 나를 믿어줘."

"얘가 왜 이리 말을 안 들어. 그깟 계약서가 뭔데, 돈 물어주면 되잖아."

엄마는 평소답지 않게 화를 내고 있었다.

"나는 여기가 좋아요. 내가 결정한 일 중에 제일 잘한 일인 것 같아. 열심히 해서 잘살 거야."

"네 맘대로 해라. 나는 그런 동네에는 발길도 안 할 테니까."

엄마는 내 아이를 지울 때처럼 냉정하게 말했다. 나는 엄마가 전화를 끊기 전에 먼저 끊어버렸다.

봄볕이 따뜻했다. 그렇다고 실내 난방을 끄기에는 추운 날씨였다. 햇볕을 쐬러 올라간 건지 새끼 고양이 한 마리가 미용실 앞 고목에 올라가 있었다. 적적했는지 주인집 할머니는 일찍 나와 가게에 앉아 있었다.

"요즘 어머니는 안 오시나?"

할머니는 두어 주 전쯤에 어머니가 다녀간 후부터 종종 안부를 물었다.

"네, 몸살 기운이 있으시대요."

"그랬나, 그래도 오늘은 저 고양이 때문에 심심하지는 않겠다."

다들 익숙한 풍경에 자꾸만 고양이를 올려다보았다. 열두 시가 넘어가자 햇볕이 강하게 가게 안으로 들어왔다. 나는 블라인드를 내릴까 고민했다. 검은색 중형차 한 대가 가게 쪽으로 다가오더니 유리문 옆으로 바짝 붙여 주차했다. 주차를 마친 여자가 문을 밀고 안으로 들어왔다. 어디서 많이 본 듯한 얼굴이었다. 나는 그녀의 머리 모양부터 살폈다. 파마할 때가 지난 머리카락들이 퍼석하고 말라 있었다.

"파마하실 거면 오래 기다리셔야 하는데요."

나는 평소 같지 않게 먼저 말을 건넸다.

"파마 말고 정리만 좀 하려고요."

여자는 머리카락 끝만 다듬으려고 한다고 했다. 나는 파마 손님이 셋이나 되니 기다리라고 했다. 여자는 비어 있는 자리를 찾아 자연스럽게 소파에 몸을 쑥 밀어 넣었다.

"혹시 저, 의사 선생님 아니세요?"

예슬이가 말했다. 그때서야 나는 그녀가 예슬이를 진찰했던 여의사라는 걸 알았다. 아랫동네에서는 제법 알려진 산부인과 원장이었다. 이런 구석진 미용실까지 뭣 하러 올라온 건지 궁금했다.

"머리는 어떻게?"

나는 의사에게 물었다.

"그냥 알아서 쳐주세요."

나는 퍼석한 머리카락 끝을 잘라내기 시작했다. 여의사는 헤어스타일에는 별 관심이 없어 보였다.

"의대 다닐 때 이 동네에 살았어요. 그때는 이 동네를 하루라도 빨리 벗어나고 싶었죠. 실패한 사람들이나 이런 곳에 모여 사는 것이라 생각했거든요. 그런데 지금은 여기 오면 마음이 편안해져요."

여의사에게 뭐라고 대답을 해야 하나 하고 생각하는 순간 소파에 앉아 수다를 떨고 있던 손님들이 외마디 비명을 질렀다. 의사와 나는 동시에 돌아보았다. 여자들의 시선은 길 건너편 저쪽의 느티나무 위에 몰려가 있었다. 새끼 고양이가 자꾸 나무 위쪽으로 올라갔다. 고양이는 아득한 가지 끝에 위태롭게 앉아 있었다. 햇빛이 강하게 가게 안으로 들이쳤다. 나는 가위를 든 채 부신 눈을 가늘게 뜨고 창에 붙어 섰다.

"어머, 가여워라, 새끼 고양이 아니에요?"

의사가 말했다.

"가끔씩 나무에 올라가요."

예슬이는 대수롭지 않다는 듯 대답했다.

"그래도 보고만 있으면 어떡해요. 떨어지면 큰일 날 텐데요."

"어미 고양이가 근처에 있을걸요, 어미가 나타나서 부르면 내려와요. 며칠 전에도 그랬어요."

예슬이는 명랑하게 답하고는 손님 머리를 감기러 샴푸실로 들어갔다.

"119에 전화했어요."

화장실에 갔다 온다던 여의사가 들어서며 말했다. 나는 여의사를 물끄러미 쳐다보았다. 아이를 지우고 싶다던 예슬이를 만류할 생각도 않고 수술을 권하던 모습이 떠올랐다.

여의사는 유리문에 기대서서 창밖을 주시하고 있었다. 당연한 일을 했다는 듯 뿌듯해하는 표정이었다. 얼마쯤 지나자 정말 119 구조대가 왔다. 구조대원들은 고양이를 내려오게 하기 위해 나무를 흔들기도 하고 긴 작대기로 위협도 해보고, 사다리를 타고 대원이 직접 올라가보기도 했지만 새끼 고양이는 꿈쩍도 않고 그 자리에 있었다. 119가 온 지 두 시간이 넘어가고 있었다. 여의사가 소리쳤다.

"어미 고양이가 나타났어요."

어미 고양이의 야옹 소리 몇 번에 꿈쩍도 않던 새끼 고양

32

이가 조르르 밑으로 내려왔다. 애쓰던 구조대원과 사람들이 탄성을 질렀다. 여의사의 탄성이 유난히 더 큰 듯했다.

나는 여의사가 왠지 거슬렸다. 여의사가 돌아가고 나자 주인집 할머니가 그 여자에 대해 아는 체했다.

"저 여자, 그 여자가 맞는 거 같다."

"누구요?"

옆에 있던 손님이 물었다.

"저 아래 사거리 산부인과 의사."

"사거리 산부인과면, 새아 산부인과 말이에요?"

"그래, 남편과 같이 병원을 했는데 남편이 간호사하고 바람이 나서 집을 나갔지. 그런데 웃기는 건, 산부인과 의사이면서 자기는 애를 낳지 못한다는 거 아냐. 나팔관이 어찌 됐다면서……. 우리 딸이 그 병원에서 애를 낳아 내가 분명히 기억한다."

나는 여의사가 앉았던 빈자리를 괜스레 돌아보았다.

5

한 달쯤 지난 후 여의사가 다시 미용실에 나타났다. 첫 손님이었다. 파마를 하겠다고 했다. 나는 그녀를 의자에 앉히고 머리카락을 손으로 만졌다. 윤기 없고 힘없는 머리카락이 어깨에 떨어져 있었지만 왠지 숱 많은 머리카락들이 따뜻하게 느껴졌다. 굵은 웨이브를 넣어달라고 했다. 파마를 만후 중화를 하기 위해 준비하고 있을 때, 주인집 할머니와 엄마가 문을 열고 들어왔다. 두 사람은 미용실 입구에서 만났다고 했다.

"고구마 좀 삶아 왔다."

주인집 할머니는 간밤에 딸이 사위와 함께 와서는 고구마만 한 박스 내려놓고 갔다며, 한 소쿠리나 삶아서 가지고 왔다.

"형님 커피 한잔 탈까요?"

엄마는 주인집 할머니를 형님이라 부르며 살갑게 대했다. 우리는 믹스 커피와 고구마로 잠깐의 휴식을 즐겼다. 짜증날만큼 쫑알대던 여의사가 오늘따라 말이 없었다. 그녀도 고구마와 커피를 함께 나누어 먹었다. 주인집 할머니는 예슬이에게 노래나 한 가락 뽑아보라고 성화를 해댔다. 예슬이는 못이기는 척하며 먹던 고구마를 내려놓고는 튼실한 고구마 하나를 골라 마이크처럼 움켜잡고는 노래를 불렀다.

헤일 수 없이 수많은 밤을……. '동백아가씨'였다. 예슬이

의 과장된 콧소리가 간드러졌다. 처음 노래가 시작될 때만
해도 우리와 어울리지도 못해 어정쩡한 모습이었던 여의사
가 까르르 웃으며 박수를 치며 장단을 맞췄다.

　　예슬이는 늦가을에 예쁜 딸을 낳았다. 출산이 어느 정도
예정된 날이었다. 나는 예슬이를 여의사에게로 데리고 갔다.
그녀도 기다렸다는 듯이 날렵하게 움직였다. 예슬이는 열한
시간 만에 애를 낳았다. 그 사이 나는 분만실 바깥과 병원 밖
을 초조하게 서성이며 지켜봤다. 마침내 간호사가 나를 불렀
다. 내가 분만실에 들어가자 여의사는 가운을 입은 채 애를
안고 흐뭇하게 내려다보고 있었다. 예슬이를 닮은 딸이라고
했다. 언제 씻겼는지 애는 벌써 입맛을 다시며 온몸으로 무
언가를 말하는 듯했다. 예슬이의 아이를 보자 웬일인지 눈물
이 났다.
　　"예슬 씨가 대견스럽게 잘 참아주어서…… 언니 분도 잘
도와주었고."
　　"제가 무슨……."
　　"그렇지 않아요. 예슬 씨가 언니를 얼마나 고맙게 생각하
는지 느껴져요."
　　"언니, 고마워."

예슬이가 반짝 웃으며 손을 들어 보였다. 나는 예슬이의 손을 잡아주었다. 옆에서 지켜만 보고 있던 허우대가 멀쩡한 예슬이 남편이 깍듯이 여의사와 내게 고맙습니다란 인사를 연방 쏟아냈다.

예슬이는 다음 날 집으로 왔다. 혼자 갔다가 둘이 되어 돌아왔다. 나는 애가 보고 싶어 일손이 제대로 잡히지 않았다. 일하면서 수시로 예슬이 방으로 가서 애를 보고 왔다. 예슬이 남편도 다시 기타를 치고 드럼도 두드릴 수 있게 되었다. 밤무대 가수를 따라다니며 '따까리' 일을 시작한 것이다.

예슬이는 삼칠일이 지나자 다시 미용실에 나와 일을 거들었다. 애는 유모차에 얌전히 누워 잘 자랐다. 예슬이 아이가 백일을 맞았을 때 여의사가 잊지 않고 미용실에 들렀다. 머리를 하러 왔다는 그녀의 손에 아이 옷 한 벌이 들려 있었다.

"하이고, 저 여자가…… 뻔뻔스럽기는…….'"

여의사가 돌아가자 주인 할머니가 혀를 찼다.

"왜요, 할머니?"

"저 여자가 죄를 짓고도 저래 낯짝이 두껍다."

"그게 무슨 말이에요. 할머니? 왜 저 선생님이 뻔뻔스러워요?"

"저 의사가 법을 어겨 병원문을 닫았다 안 하드나? 그런데 멀쩡한 얼굴로 저래 돌아다닌다 아이가."

"예? 그게 무슨 말이에요 할머니?"

"저 여자가 불법으로 낙태 수술도 하고, 돈 받고 갓난애들을 해외로 입양시켜서 영업정지를 받았다 안 하나."

"그… 래… 요…?"

"우리 딸 말이 영업정지 기간이 끝나면 다시 병원 문을 열기야 하겠지만…… 소문이 나서 이제 제대로 영업이 되겠느냐고 하더라."

하지만 나는 어느 때보다 편안해 뵈던 여의사의 얼굴을 떠올렸다. 그 얼굴 위로 나뭇가지 위에 오도카니 앉아 있던 고양이를 안타깝게 바라보던 얼굴이 겹쳐졌다.

6

종점 미용실 단골 중 일부 여자들은 남편 하는 일이 잘되어 종점을 떠나는 사람도 있었지만 돈이 없어 이곳보다 더 싼 곳을 찾아 떠나는 사람들이 대부분이었다. 어떤 이유에서 떠나든 그들은 이사하기 전 미용실에 들러 인사를 하고 갔다. 떠나면서도 다들 종점 미용실을 아쉬워했다.

　매주 화요일은 미용실이 쉬는 날이다. 주말 엄마의 생일이었다. 나는 선물을 사기 위해 큰맘 먹고 백화점으로 갔다. 뭘 사야 될지 몰라 몇 바퀴째 같은 곳을 돌았다. 돌면서도 정신이 다른 곳에 팔려 선물을 고르지 못하고 있었다. 예슬이 아이 얼굴이 자꾸만 떠올라서였다. 이럴 바에는 차라리 아이 옷부터 한 벌 사고 엄마 생일 선물을 고르자고 결정을 내리고는 유아복 매장 쪽으로 발길을 돌렸다.

　다섯 걸음 정도 앞에 낯익은 여자의 뒷모습이 보였다. 내가 해준 굵은 웨이브 머리였다. 나는 알은체하기 위해 그녀의 뒤통수를 향해 걸었다. 그녀는 내가 다가가는 것도 모른 채 물건 고르는 일에만 정신이 팔려 있었다. 팔을 뻗어 그녀의 어깨에 손을 올리려는 순간 연한 노란색 아이 옷이 먼저 눈에 들어왔다. 아이 울음소리가 들리는 듯했다. 내게도 아이가 있었다면 꼭 저런 옷을 입혀주고 싶었다.

　순간 나는 그 옷을 향해 돌진했다. 최대한 빨리 내 손아귀에 옷을 넣어야만 할 것 같은 강한 의지가 나를 앞으로 나아가게 했다. 그런데 나보다 먼저 그 옷을 낚아채듯 재빨리 움켜잡는 손이 있었다. 굵은 웨이브의 그 여자. 산부인과 여의사였다. 나팔관이 막혀 정작 자기 아이는 갖지 못한다는

그 여자. 그녀는 그 연한 노란 아이 옷 하나를 재빨리 자신의
가방 속에 쑤셔 넣었다. 나는 그녀가 훔치는 것을 누가 보지
나 않았는지 주변을 두리번거렸다. 그리고 박쥐 날개처럼 바
바리 자락을 활짝 펼쳐 그녀를 온몸으로 감쌌다.

봄비

새벽에 눈을 뜬 것은 창수 전화 때문이었다. 상우가 전화를 받았을 때 전화는 이미 끊겨 있었다. 뒤척이는 희영의 어깨에 손을 얹었다. 그녀의 숨소리가 고르게 들리자 어둠 속에서 빠져나왔다. 다시 전화를 걸까 하다가 그만두기로 했다. 오후에 희영과 창수를 만나러 가기로 약속이 되어 있어서였다.

상우는 화장실로 가서 소변을 보고, 크게 하품을 하며 주방으로 가 커피를 끓였다. 내리는 봄비를 바라보며 커피를 한 모금 삼켰다. 비는 창처럼 곧게 뻗쳐 스치듯 유리를 빗나가고, 빗소리는 들리지 않았다. 다시 창수가 떠올랐다. 집 안에 갇힌다는 느낌이 이런 것일까? 머리 위로 들리는 벽시계의 초침 소리만이 저벅저벅 온몸을 타고 내린다. 무언가에 쫓기듯 상우는 창수의 생각을 구석 어두운 방으로 몰아넣고

는 꽝하고 문을 닫아버린다. 커피의 따뜻한 기운은 오래가지
못했다.

　이직을 하고 새 직장에 출근한 지 3개월째였다. 이직 후
지난 3개월 동안 밤 열두 시가 넘도록 야근은 계속되었고 몸
은 지칠 대로 지쳐 있다.
　결혼 전 갑상선암을 앓았던 아내 희영은 쉽게 피로해하
면서도 초등학교 1학년인 아들과 남편을 위해 아침으로 누
룽지를 끓였다. 창수 전화 때문에 일찍 일어난 부부는 숟가
락을 내려놓고는 곤하게 자고 있는 아들을 보기 위해 방 앞
에 서 있었다. 이직을 하기 전에는 주말이면 가까운 체육공
원으로 향했다. 자동차 트렁크에 자전거를 싣고 10여 분 남
짓 달려가면 도착하는 체육공원. 아들은 제 키만 한 자전거
에 앉아서 쌩쌩 잘도 달렸다. 부부는 적당히 그늘진 곳에 앉
아 아들을 향해 손을 흔들어주곤 했다.
　상우는 그때를 떠올리며 잠든 아들을 향해 미소 지었다. 희
영도 그런 마음을 잘 알고 있기에 조용히 상우 옆을 지킨다.
　"깨울까?"
　"아니."
　상우는 고개를 한 번 젓고 조용히 대문을 나섰다.

가방 안에 그득한 서류를 꺼내 봐야 하나 잠시 고민을 하는 사이 전철은 다음 역에 도착했고, 내리는 사람은 없었다. 긴 스카프를 맨 여자 혼자 전철에 올랐다. 스카프를 보자 처음 아내를 만났을 때가 떠올랐다. 학창 시절 친구들은 희영을 스카프라고 불렀다. 희영은 앞에 앉은 여자와는 다르게 짧은 스카프를 목에 바짝 붙여 매고 다녔다. 단짝인 창수가 아내를 교정에서 처음으로 발견했다.

　"저 스카프, 좀 독특해 보이지 않니?"

　창수가 말했다.

　"수건도 아닌 것이, 실크도 아닌 것 같고…… 우리 따라가서 얼굴이나 한번 보자."

　상우는 자석에 끌리듯 희영을 따라 걸으며 창수를 잡아끌었다.

　그들은 그녀를 따라 걸으며 스카프 예쁜데, 하고는 큰소리로 놀려댔다. 그녀는 이런 일이 처음이 아니라는 듯 반응 없이 계속 걸었다. 살짝 스치는 그녀의 옆얼굴은 그들을 실망시키지 않았다. 상우와 창수는 서로를 바라보며 고개를 끄덕였다. 그 신호는 그들이 가끔 말로 할 수 없는 난처한 상황에서 주고받는 신호였다. 그들은 이미 같은 마음이라는 것을 알아채고는 누가 먼저라고 할 것도 없이 앞서거니 뒤서거니 스카프 뒤를 졸졸 따라가며 마침내 그녀의 얼굴을 보았다. 스카프의 앞모습은 더 예뻤다. 얼굴을 보고 나니 그녀의 스카프는 더 이상 촌스럽지가 않았다. 그 스카프는 오롯이 그녀만을 위해 존재하는 귀한 물건처럼 느껴졌다.

그들은 그 후로도 스카프와 종종 마주쳤다. 무엇을 입어도 어느 자리에 있어도, 항상 매고 있는 그녀의 스카프는 그들에게 호기심을 불러일으키기에 충분했다. 몇 번을 마주치고 나니 아는 사람 같은 착각을 불러왔다. 창수의 장난기가 발동했다. 스카프를 먼저 벗기는 사람의 소원을 들어주자는 거였다. 뭐 이런 간단한 걸 가지고 내기씩이나 하냐면서, 상우는 잰걸음으로 달려 그녀 앞으로 갔다. 막상 그녀 앞에 서고 보니 얼굴을 똑바로 바라볼 수가 없었다.

"스카프 좀……, 한 번만 풀어봐 주세요? 저 아시죠… 몇 번 만난 적 있잖아요?"

"잘 모르겠는데요. 혹시 봉사 동아리 한마음……?"

"한마음…… 한마음……."

"사람을 착각하셨나 봐요."

스카프는 중얼거리는 그를 매서운 눈초리로 쏘아보고는 빠른 걸음으로 사라져 갔다.

창수는 철쭉 밑에 질펀하게 앉아서 두 사람을 지켜보고 있었다. 상우가 퇴짜 맞는 모습에 박장대소하며 달려와서는 내기에 졌으니 술을 사라고 했다. 소원이라고 해봐야 맥주에 치킨을 사달라는 게 전부였다. 그날 밤새 얼마나 마셨는지 눈을 떠보니 전봇대 밑에다 신발을 가지런히 벗어놓고는 둘이 나란히 자고 있었다. 그들은 그날 죽지 않은 것이 천만다행이라며 가끔 그때를 떠올리며 웃곤 했다.

상우는 '한마음'이라는 동아리에 가입했다. 순전히 그녀의 스카프를 꼭 풀게 하겠다는 일념 때문이었다. '한마음'은 봉사 단체였다. 차가 들어가지 않는 곳을 찾아가 연탄 배달을 한다든지, 어려운 집을 방문해 낡은 지붕을 고쳐주고 집안 구석구석 페인트칠도 했다. 그는 힘들게 살아가는 사람들을 위해 진심을 다해 노력하는 동아리 사람들을 보고 알 수 없는 무언가가 꿈틀거리는 것을 느꼈다.

전철에서 내려 에스컬레이터에 올랐다. 평소 습관대로 에스컬레이터 위쪽을 바라보며 빨리 지상으로 오르기를 기다리고 있었다. 한 무리의 사람들이 에스컬레이터 끝에 모여 있었다. 그친 줄 알았던 봄비가 다시 내리기 시작했기 때문이었다. 그는 사람들 사이를 비집고 나가 빠르게 구청을 향해 뛰었다. 구청 현관에서 옷에 묻은 빗방울들을 손으로 탈탈 털고 있는데, 말쑥한 차림의 정 주사가 주차를 마치고 앞에 와 섰다. 우산도 없이 왔냐며 그녀 특유의 표정 없는 말투로 알은체를 하고는 먼저 유리문을 열고 들어갔다.

그의 직업은 사회복지 공무원이다. 전화기에는 노령연금 대상자 1198명, 장애인복지세대 38명, 일반장애인 1038명, 장애연금대상자 85명, 한부모가정 65명, 양육수당 448명, 일반보육료 515명, 유아학비보조 386명이 입력되어 있다.

모든 사회복지사가 자신이 맡고 있는 대상자들의 전화번호를 모두 입력해두지는 않는다. 그는 주로 노인, 장애인, 여성, 아동을 맡고 있다. 일하면서 시간이 날 때면 틈틈이 전화번호를 입력했다. 그 시간을 계산한다면 아마도 족히 하루는 되지 않을까 싶다. 삼천칠백여 명이나 되는 사람들을 사회복지사 한 사람이 관리하는 일은 매우 힘든 일이다. 상우는 그들을 기억하기 좋게 괄호를 달아 장애인복지(검정대문39세)식으로 입력해두었다. 아직 만나보지 못한 사람들은 괄호가 비어 있다. 괄호만 보면 상대가 누구인지, 만남의 여부까지도 알 수 있었다.

대개는 그 많은 사람들을 서류로 만나게 된다. 서류는 사진을 비롯해 기본항목들로 채워져 있었다. 주민번호, 집 주소, 전화번호 등등 꼭 알아야 하는 항목들이었다. 매번 바뀌는 정부 시책과 연초마다 다시 첨부하고 작성해야 하는 서류에 따라 그 대상이 몇 급 장애에 해당하는지, 기초생활수급자인지 판단해야 할 때도 있다. 마지막까지 얼굴 한 번 못 보고 끝나는 경우도 있었다. 서류가 완벽해서 찾아가 볼 필요가 없다든가 아니면 상우가 찾기 전에 죽음을 맞는 경우가 그랬다. 여러 가지 경우로 인해 그들과 꼭 만날 수는 없지만 가급적 그들을 만나 담당 복지사가 누구인지 알려주고 어떤 어려움을 겪는지 듣고 도와주고 싶었다.

상우에게 업무를 인계해준 정 주사는 3년차 사회복지사였다. 그녀만큼 노련하게 일하기란 쉽지가 않았다. 그녀는 요즘 사회복지사는 봉사 정신보다는 강인한 체력과 자신을 지킬 힘이 있어야 한다고 했다. 어리둥절해하며 그녀를 바라봤다. 정 주사는 K시에서 자신을 기초생활수급자에서 탈락시켰다는 이유로 사회복지사를 칼로 찌르는 일까지 발생했다고 말했다. 사회복지사들의 신변 보호를 위한 가스총 지급에 대해 지자체에서 심도 있는 논의가 진행 중이고, 여러 기관의 반대에 부딪혀 안건이 계류 중이지만 곧 시행되지 않겠느냐고도 했다. 그도 뉴스에서 본 기억이 났다.

매년 2, 3월에는 대상자들을 만나는 일보다 서류 정리가 더 급하게 다가왔다. 정 주사 또한 담당구역이 바뀌면서 매일 서류로 사람들을 만나고 있었다. 그녀는 노하우라며 서류가 사람보다 빠르다고 충고했다. 하지만 상우는 그렇게 생각하지 않았다.

아침 일찍부터 상담이 잡혀 있었다. 첫 번째 상담자는 알코올 중독자이다 보니, 그가 술에 취하기 전에 서둘러야 했다. 아침 시간에 가서도 술에 취해 얘기를 못 한다면 그 집에 가서 잠이라도 함께 자며 상담을 해야 할 판이었다. 또 다른 상담자는 치매에 걸린 시어머니를 모시고 있는 며느리로 앞의 알코올 중독자에 비하면 비교적 쉬운 상담이 될 것이다. 주섬주섬 챙겨 나가는 그를 보고 정 주사가 한마디 한다.

"남자라고 너무 힘자랑하다가 지난번처럼 맞아서 다리에 깁스하는 일 만들지 말고 호신용 스프레이는 꼭 챙겨 나가요."

그 말에 그냥 나가려던 상우는 책상 서랍에 넣어둔 호신용 스프레이를 외투 주머니에 챙겼다. 그때를 떠올리니 다리에 힘이 풀리고 식은땀이 났다.

미림동 산 2번지로 가기 위해 그는 다시 전철역으로 향했다. 한 손에는 선배가 빌려준 우산을, 다른 한 손에는 5킬

로그램짜리 쌀 봉지를 들고 전철을 탔다. 그곳은 한마음에서 처음으로 봉사를 다녔던 곳이다. 그때 그는 사회복지사를 꿈꾸지 않았었다. 한 컵의 물이 나무에 미치는 영향은 바로 드러나지 않는다. 그 물줄기가 어디로 어떻게 흘러가 뿌리에 도달해 나무를 성장시켜, 싹을 틔우고 꽃을 피우며 열매를 맺는지 육안으로 바로 확인할 수는 없다. 학교를 졸업하고 중소기업을 다녀 그럭저럭 먹고살 만은 했다. 아내는 욕심 없이 그와 함께한다는 것에 만족했다. 힘든 경제적 여건 속에서도 희영과 상우는 계속 봉사를 다녔다. 아내는 누구보다 그들을 헤아리는 마음이 컸다. 스물도 되기 전에 앓은 갑상선암은 목에 난 상처보다 마음과 정신에 더 영향을 미쳤다. 우울증을 앓던 희영도 상우가 큰 위로가 됐다. 상우는 결국 직장까지 정리하고 사회복지사가 됐다. 한마음 친구들은 하나둘씩 졸업, 취업, 군대 등의 이유로 봉사와 멀어져갔다. 그래도 몇몇 마음 맞는 친구들은 아직까지도 주말이나 시간이 날 때면 봉사를 하고 후원을 계속했다.

상우는 이런저런 이유로 그들과 친구, 형, 오빠, 동생, 삼촌 등이 되어주기도 했으며 때로는 아들 노릇까지 마다하지 않았다.

첫 번째 면담을 하기 위해 박상도 씨 집으로 향했다. 대문은 잠그고 말고 할 것 없이 형편없었다. 작은 쇠고리 하나 달랑 걸려 있는 초라한 나무 대문이었다. 힘을 주어 밀자 대문이 스르르 열렸다. 상우는 최대한 근엄하면서도 부드러운 목소리로 박상도 씨, 하고 이름을 부르며 들어섰다. 그의 목소리에 방문이 확 열렸다. 박상도는 이미 술에 취해 있었다. 그는 방 문턱에 걸터앉았다. 아침밥은 먹고 술을 마신 거냐고 먼저 물었다. 박상도는 반쯤 풀린 눈으로 그를 힐끗 바라다볼 뿐 어떤 대꾸도 하지 않았다. 상우는 술이 너무 취해 면담은 어렵겠다고 생각했다. 그는 부엌으로 가 밥솥을 열어 봤다. 밥을 언제 해먹었는지 밥솥 안에는 밥풀들이 바짝 말라붙어 있었다. 다시 방 안으로 들어가 창문을 열었다. 창문을 통해 신선한 바람과 비 냄새가 섞여 들어왔다. 밖에는 아직도 부슬부슬 비가 내리고 있었다. 그때까지도 박상도는 꿈쩍 않고 그 자리에 앉아 누군가를 기다리는 것 같은 눈으로 대문 쪽만을 바라보았다.

상우는 미리 준비해 간 쌀을 옆으로 밀어놓으며 밥을 먼저 먹고 나서 술을 마셔야 몸이 덜 상한다고 말했다. 박상도는 쌀을 보자 불현듯 무슨 생각이 났는지 얼굴을 붉히며 그를 향해 갑자기 주먹을 날렸다. 다행히 주먹은 상우에게 닿지 않았다. 그는 박상도의 갑작스러운 행동에 당황했다. 박상도는 이번에는 쌀을 발로 걷어차고는 그의 멱살을 잡더니, 쌀 말고 술을 달라며 소리를 질렀다. 상우는 겨우 그의 손을 뿌리쳤다. 옷매무새를 고치면서 뒷걸음질로 물러난 다음 겨우 입을 뗐다.

"사흘 뒤에 다시 오겠습니다."

"……."

"그때도 이런 상태로 얘기가 안 된다면 면담 불이행으로 나오던 보조금도 끊고, 병원으로 보낼 수밖에 없어요."

상우의 목소리는 떨리고 있었다. 떨리는 목소리를 감추려는 듯 그의 목소리는 커져 있었다.

"야! 이 개새끼야. 네가 복지사면 복지사지 어디 와서 소리를 지르고 협박이야. 병원…… 병원이라고? 네가 의사야, 이 새꺄?"

박상도는 잽싸게 일어나 상우의 얼굴과 가슴에 주먹을 날렸다. 어디서 그런 힘이 나는지 몇 차례나 세차게 그를 가격했다.

"왜 이러세요? 박상도 씨, 이게 무슨 짓이에요?"

방바닥에 쓰러진 상우는 상대방의 주먹을 피하면서 몸을 일으켰다.

"네가 의사야? 어디 병원에 가뒤봐라. 너는 애비 에미도 없어? 보조금을 끊는다고? 이런 호로자식 같으니, 보조금 끊어 네놈이 꿀꺽 하려고. 젊은 놈이 어디 와서 개수작이야."

박상도는 이미 제정신이 아니었다. 핏발 선 두 눈을 희번덕거리며 그를 노려보고 있었다.

상우는 도망치듯 그 집을 빠져나왔다. 면담 때마다 항상 조심했는데, 또 이런 일이 일어나고 보니 한숨이 절로 나왔다. 교육받은 대로 일단 도망을 쳤다. 맞서 싸워봐야 공무원 신분인 그만 문제될 것이 뻔했다. 주머니에 들어 있는 호신용 스프레이를 몇 번이나 만지작거렸지만 차마 그것을 쓸 수는 없었다. 눈가가 화끈거렸다. 우산을 낚아채듯 움켜잡고 나오는 바람에 우산 한쪽이 휘어졌다. 휘어진 우산을 펼쳐 들고는 무작정 걸었다.

길가에 그려진 벽화만이 어울리지 않게 밝은색을 띠고 있었다. 그림 속 아이들은 보트 위에서 해맑게 웃으며 어딘가를 가리키고 있었다. 웃고 있는 아이들 모습이 그를 비웃는 것 같았다. 타고 내리는 빗물에 아이들 얼굴이 더 활짝 웃는 것처럼 보였다. 아이들이 가리키는 손끝을 바라다보았다. 우거진 숲 사이로 바다와 근래에 지어졌다는 고층건물이 보였다. 손을 뻗으면 곧 잡힐 듯했다. 그것을 뽑아버리고 싶은 충동에 손을 뻗자 빗물만이 손가락 사이로 빠져나갔다. 하늘을 올려다봤다. 비는 그의 얼굴을 기분 나쁘게 간질이며 내렸다.

두 번째 상담자 집으로 가기 위해 다시 걸었다. 걷다가 길에 주차돼 있는 트럭 사이드미러에 얼굴을 들여다보았다. 왼쪽 눈밑이 퍼렇게 멍이 들어 있었다. 손등에는 10원짜리 동전만 한 크기의 생채기가 나 있었다. 손등에서 흐르는 피는 빗물에 연신 씻겨나가고 있었다. 대수롭지 않게 손등을 바지에 쓱쓱 문질러 닦고 계속 걸었다. 골목 끝 벽 앞에 섰을 때 비로소 길을 잃었다는 사실을 깨달았다. 상우는 벽에 기댄 채 서 있었다. 스르르 몸이 벽을 타고 무너져 내렸다. 그는 그만 주저앉은 꼴이었다. 희영의 스카프를, 아들의 자는 모습을 떠올렸다. 가슴이 먹먹했다. 가족을 생각하니 물을 마시고 싶었다. 하지만 슈퍼나 편의점을 찾아 지금까지 왔던 길을 다시 되돌아가기는 싫었다. 차라리 다음 집으로 가서 물을 얻어 마셔야겠다고 생각하고는 걸음을 옮겼다.

두리번거리며 골목 여기저기를 살폈다. 한참을 헤맨 끝에 아내와 함께 봉사 다니던 집들이 눈에 들어왔다. 한참 만에야 미로처럼 엉킨 골목을 겨우 빠져나올 수 있었다. 골목을 빠져나온 그는 다음 상담 방문자의 집을 향해 몸을 재게 놀렸다. 얼굴에 열이 오르고 손톱에 긁힌 목 주변이 뻐근하게 당기더니, 심장이 걷잡을 수 없이 빠르게 뛰면서 금방이라도 터져버릴 것만 같아 도저히 다음 집에 들어설 수가 없었다. 결국 골목 입구에 있는 편의점으로 향했다.

편의점 아주머니는 멍든 눈을 보자 놀라는 기색이 역력했다. 그는 고개도 제대로 못 들고 서둘러 박카스 한 상자와 생수 한 병 값을 지불하고는 밖으로 나왔다. 생수는 편의점 모퉁이를 돌자마자 다 마셔버렸다. 비닐봉지에 싼 박카스는 비에 젖지 않도록 가슴에 품었다. 걷기 시작하자 가슴에서 비닐 소리가 사각거렸다. 상우는 이내 심장에 따스한 기운이 감도는 것을 느끼며 어느 정도 안정을 되찾았다. 다시 상담 방문자 집 앞에 섰다. 시간은 11시가 다 되어가고 있었다.

시어머니와 며느리, 단둘이 사는 집이었다. 치매에 걸려 혼자된 시어머니를 친정 엄마처럼 모시는 며느리였다. 며느리 역시 혼자였다. 5월 가정의 달을 맞아 구청에서 표창을 하기에 앞서 마지막으로 상담을 하는 형식적인 절차만 남아 있었다. 시어머니 앞으로 나오는 노령연금에다 치매수당까지 더해져 나오는 보조금은 쏠쏠했다. 며느리는 치매 걸린 시어머니를 모신다는 명목으로 구청이나 마을행사 때 여기저기 불려 다니는 유명 인사였다. 유명세 덕에 그 집만을 정

기적으로 후원하는 사람들도 있었다. 젊은 사람이 드문 동네이다 보니, 젊은 며느리는 대문을 열어두고 동네 어르신들의 손발이 되어주고 있었다. 안으로 들어서자 손바닥만 한 텃밭이 보였다. 텃밭은 고랑 흔적만 있을 뿐 텅 비어 있었다. 그 옆으로 과실수 몇 그루가 있었는데 그것 또한 싹을 틔우지 못하고 있었다. 반면 마루에는 홍삼이니 뭐니 하며 치매에 좋다는 약상자들 댓 개가 쌓여 있어 대조를 이루고 있었다.

사방은 빗소리로 가득했다. 빗소리 때문에 그가 안으로 들어서는 것도 모르는지 안에서는 연신 말소리가 들렸다. 그는 염치 불고하고 마른 수건이라도 얻어 빗물을 닦아내고 싶었다. 대문을 열어두는 정도의 심성이라면 좀 전과 같은 수모는 겪지 않아도 된다고 스스로를 위로했다. 방문 문고리를 잡고 살짝 비틀어 열었다. 열린 방문 틈 사이로 며느리의 음성이 새어 나왔다.

"죽어! 죽으라구……. 이 미친년아 젊어서는 나보고 아들 잡아먹었다고 구박하더니, 늙어서는 네년 똥 수발까지 시켜? 죽어! 죽어버리라고……. 왜 뒈지지도 않고 살아서 나를 괴롭히고 지랄이야, 지랄이."

며느리는 송곳 같은 날카로운 목소리로 절규에 가까운 말들을 토해내고 있었다.

"밥 더 달라고 안 할게. 언니, 언니 무섭다. 머리 묶고 우리 고무줄놀이 하러 가자."

시어머니는 두 손을 모아 싹싹 빌더니 옆의 빨간 방울 달린 고무줄을 며느리 손에 쥐어주었다.

"뭐라고, 이년아? 이 비오는 날 뭘 해?"

며느리는 늙은 시어머니 머리채를 잡더니 그대로 힘껏 벽에 밀어붙였다. 시어머니는 쿵하는 소리와 함께 벽에 부딪치더니 그대로 쓰러진 채 일어나지 못했다. 며느리는 그래도 분이 풀리지 않는지 시어머니 곁으로 다가가서는 머리채를 잡고 마구 흔들어댔다.

상우는 자신의 눈과 귀를 의심하며 한 발 뒤로 물러서다 박카스 상자를 떨어뜨렸다. 빗소리에 유리병 깨지는 소리가 둔탁하게 들렸다. 방 안의 며느리가 화들짝 놀라는 것을 보고, 상우도 허둥지둥 그 집을 벗어났다. 마루 끝에 선 며느리는 깨진 박카스 병을 발견하고는 마당에 맨발로 서서 주변을 살폈다. 아무도 없는 것을 확인하고는 그 자리에 철퍼덕 주저앉아 짐승의 울음 같은 소리를 쏟아내며 울었다.

상우는 멀리 가지 못하고 대문 뒤에 서서 그 모습을 지켜봤다. 찌그러진 우산을 접어 힘껏 허공에 던져버렸다. 봄비는 상우의 가슴, 어깨, 다리, 얼굴을 가리지 않고 서서히 적셨다.

정신없이 걷기 시작했다. 그는 뛰다시피 걸었다. 무언가 가슴을 자꾸 치받고 올라와 견딜 수가 없었다. 바지 주머니에서 울리는 전화소리는 빗소리 때문인지 몹시 다급하게 들려 귀에 거슬렸다. 한번 달리기 시작하자 결승선에 가서야 멈춰서는 경주마처럼 멈출 수가 없었다. 달리면서 그는 여전히 걸음을 재게 놀리며 전화기를 꺼냈다. 빗물에 바지가 젖은 탓에 전화기는 쉽게 꺼내지지 않았고 겨우 꺼냈다 싶을 때 전화기가 바닥에 떨어져 망가져버렸다. 그는 겨우 멈춰 서서 휴대전화를 주워 바지 주머니에 쑤셔 넣었다.

구청에 도착하자 정 주사는 무슨 일이 있었냐며 눈이 휘둥그레졌다. 정 주사를 보자 눈이 시큰거렸다. 주머니 속 호신용 스프레이를 만지작거리며 눈물을 겨우 참아냈다. 정 주사는 그를 끌고 옥상으로 향했다. 상우는 전의를 상실한 패잔병 같은 모습으로 겪은 일을 털어놓았다. 그들은 옥상에서 그저 속절없이 내리는 봄비를 바라다볼 뿐이었다. 정 주사의 눈에서 눈물이 흘러내렸다. 그녀는 빠르게 눈물을 닦고는 할 일이 산더미 같이 쌓여 있어 오늘도 야근을 해야 한다고 말했다. 약국에라도 다녀오는 것이 좋겠다고 말한 뒤 먼저 옥상에서 내려갔다.

상우가 약국에 다녀오자 아내에게서 전화가 와 있었다. 그는 아내에게 전화를 걸었다. 그때서야 오늘 창수네 집에서 만나기로 한 약속이 떠올랐다. 연락이 되지 않아 걱정했다며 평소 아내답지 않게 격앙된 목소리였다. 그는 휴대폰이 비 때문에 미끄러져 망가졌다고 말했다.

"별일 없다니 다행이에요."

"응."

"상우 씨……."

"왜?"

"창수 씨가 아주 멀리 가버렸어요."

희영은 창수의 죽음을 전했다. 빈소에는 그의 사진만이 덩그러니 놓여 있다고 했다. 그녀는 떨리는 목소리로 빨리 좀 와달라며 전화를 끊었다. 상우는 뒤통수를 얻어맞은 것 같았다. 창수의 죽음은 큰 충격이었다. 창수는 대학 졸업을 앞둔 어느 날 눈에 미끄러진 트럭이 뺑소니치는 바람에 하루 아침에 하반신마비가 되었다. 그날은 새벽부터 눈이 내렸다. 소복이 쌓여 천지를 하얗게 덮고도 그칠 줄 몰랐다. 상우는 설탕 가루처럼 내리는 눈 속에서 희영에게 프러포즈했고 그 녀는 기다렸다는 듯 결혼을 승낙했다. 그 순간 눈은 축복처 럼 다가왔고 그들은 어느 때보다 행복했다.

사고 소식을 듣고 병원으로 달려간 상우는 뭉개지고 짓이겨져 더는 쓸 수 없게 된 창수의 다리를 보고는 다시는 그를 혼자 두지 않겠다고 속으로 다짐했다.

시간이 흘러 창수도 어느 정도 마음에 안정을 되찾고 재활에 힘썼다. 처음에는 봉사를 오겠다는 '한마음' 사람들을 얼씬도 못 하게 하더니, 서서히 마음을 열었다. 창수는 방 안에만 갇혀 지내다 보니 수많은 책을 읽게 되었고, 나중에는 시집까지 내게 되었다. 창수는 장애인 시인으로 여기저기 불려 다니기 시작했다. 그로 인해 방송에도 출연하고 수입도 생겨 살기가 그럭저럭 괜찮아졌다.

그즈음 창수는 그를 위해 이 년쯤 봉사를 다니던 대학생을 사랑하게 되었다. 창수가 고백도 못 하고 마음만 끓이는 것이 안타까워 상우는 창수의 마음을 그녀에게 전했다. 그녀도 창수에게 마음이 있던 터라 둘은 급격히 가까워졌다. 그들의 사랑은 바위처럼 단단해 보였다. 여자 부모의 반대로 결혼식도 못 올린 채 둘은 함께 살았다. 이 년 남짓 잘 살던 창수의 아내는 다른 장애우가 노래를 잘한다더라, 무엇 무엇을 잘한다더라 하며 사람들의 관심이 쉽게 옮겨가는 것에 무척 힘들어했다. 창수가 사람들의 기억 속에서 잊혀지면서 방송이나 강연의 횟수는 줄었고, 덩달아 수입도 줄어 다시 정부 보조금으로 연명하는 신세가 되었다. 경제적 어려움까지 더해지자 창수의 아내는 어느 날 감쪽같이 사라져버렸다. 창수는 다시 혼자 방 안에 갇혔다. 창수 앞에서는 내색하지 않았지만 아들보다 창수 어머니의 상심이 더 컸다. 창수 어머니는 가끔 희영에게 전화를 했는데, 결국에는 울다가 전화를 끊는 일이 다반사였다. 오늘도 그가 미림동에 간다는 얘기를 하자 희영이 먼저 창수어머니도 볼 겸 그곳에서 만나자고 했었다.

그는 구청 직속상관인 오 계장에게 자신이 맡고 있는 장애인이 운명을 달리했다고 말했다. 그 말을 들은 오 계장은 장애인란에서 이름을 삭제하고 보조금 합계도 다시 계산하고는, "그다음 또 뭐가 있지?" 하며 정 주사를 바라봤다. 정 주사는 그 말은 묵살한 채 병원에 가야 된다는 얘기를 하는 거라고 말했다. 오 계장은 병원, 병원 하고 같은 말을 두 번 반복하더니, 이런 일이 있을 때마다 업무를 내팽개치고 달려간다면 우리는 언제 일을 하냐고 큰소리로 역정을 냈다. 정 주사가 다가와 병원은 저녁에 가는 걸로 하고 일이나 하자고 했다. 상우는 알 수 없는 미궁으로 빠져드는 느낌에서 헤어나지 못한 채 그대로 자리에 주저앉았다.

빨리 오라는 희영의 말이 머릿속에서 맴돌았다. 빨리, 라는 말에 그날 일이 떠올랐다. 그날 상우는 학교에서 창수를 비롯한 친구들과 함께 삼대삼 농구를 했다. 그는 몸싸움을 좀 심하게 하다가 오른쪽 발목을 접질렸고 결국 집으로 먼저 가게 됐다. 농구가 끝나고 창수와 코가 삐뚤어지도록 생맥주를 마시려던 계획은 수포로 돌아갔다. 집으로 돌아온 상우는 얼음찜질을 하며 전화를 받았다. 여보세요, 하는 목소리만으로도 상우는 상대가 스카프라는 것을 단박에 알아챘다. 그녀는 전화하면서도 그가 집에 없으면 어쩌나 걱정했다고 말했다. 그녀는 빨리 좀 와달라고 말한 뒤 전화를 끊었다. 그녀의 목소리는 술에 취해 있었다. 혼자 술을 마셨나. 이런저런 생각을 하며 그녀가 있다는 학교 앞 술집으로 향했다. 어렵지 않게 그녀가 있는 술집을 찾아 들어갔다. 스카프는 테이블 위에 머리를 박고 쓰러져 있었다. 스카프를 둘러업고 학교 잔디밭으로 향했다. 창수가 앉아 있던 철쭉 밑에 그녀를 조심스럽게 내려놓았다. 처음으로 그녀를 가까이에서 바라다보았다. 그녀 콧등에 주근깨 몇 개가 보였다. 스카프는 좀처럼 일어날 기미를 보이질 않았다. 그 자리에 앉고 보니 창수와 한 내기가 떠올랐다. 스카프는 이미 술에 취해 인사불성이었다. 매고 있는 스카프에서 눈을 떼지 못했다. 오늘 스카프를 풀지 못한다면 평생 후회할 것 같았다. 살짝 풀어 본다고 해서 큰 문제가 될 것 같지는 않았다. 스카프의 머리를 살며시 돌려 어깨에 기대놓고는 조심스럽게 스카프를 풀었다. 스카프의 목에는 10센티미터 가량의 선명한 수술 자국이 있었다. 그는 너무 놀라 스카프를 다시 묶어주었다. 희영은 지금 그곳에 커다란 펜던트가 달린 목걸이를 하고 다닌다. 반지 대신 한 결혼 예물이었다.

상우는 저녁 10시가 넘어서 병원에 도착했다. 희영은 창수가 목을 맸다고 말하며 눈시울을 붉혔다. 스스로 인연을 놓아버렸다는 말을 들으니 다시 머리가 깨질 듯 아팠다. 상주도 없는 쓸쓸한 빈소였다. 창수 어머니는 충격으로 쓰러져 몸도 제대로 가누지 못하고 있었다. 구석에 소주잔을 기울이며 앉아 있는 남자 둘이 고작이었다.

영정 사진 앞에 절을 두 번 하고는 누워 있는 창수 어머니 곁으로 갔다. 그를 보자 창수 어머니는 겨우 몸을 일으켜 앉았다. 아들이 생각나는지 그를 부여잡고는 한참 울었다. 상우는 그런 창수 어머니를 보자 더없이 마음이 아팠다. 오랜 침묵이 이어졌다. 상우가 먼저 입을 열었다. 창수가 언제 그렇게 됐냐고 물었다.

"오늘 새벽에 내가 잠들고 그런 거 같더라. 지금 생각해

보니 며칠 전부터 계속 엄마가 있어서 다행이라느니, 이웃집에 마실도 다니고 예쁜 옷도 좀 사 입고…… 그런 싱거운 소리 할 때 알아봤어야 했는데…… 이 늙은이가 그만 그것도 모르고…… 이리 됐다."

창수 어머니는 그를 보자 넋 나간 듯 이야기를 이어나갔다.

"힘도 없는 늙은이 보고 창가 쪽으로 옮겨달라고 해서…… 자네도 알다시피 가끔 창수가 갑갑해할 때는 창가에 곧잘 앉아 있곤 했지. 별 의심 없이 옮겨줬지, 그랬는데 이 모양이네……."

그는 창수 어머니 잘못이 아니라며 위로했다.

"며늘애가 도망간 이후로 창수가 통 잠을 못 이뤘는데 가끔은 늦잠을 잘 때도 있어서 오늘도 그런가 보다 해서 더 자게 두었는데…… 너무 잔다 싶어 문을 열었더니 창수가 바지 허리끈을 빼서는……. 내가 늦게 깨운 것이 화근이라."

상우는 창수를 발견하고 왜 자신에게 먼저 전화하지 않았느냐고 창수 어머니에게 책망 아닌 책망을 했다. 그 말에 창수 어머니는 창수의 휴대폰을 꺼내 상우에게 건네주었다.

"이거 한번 보거래. 마지막까지 창수가 손에 쥐고 있었던 거다. 며늘애에게 전화가 올까 싶었는지……. 이게 뭐라고,

이것을 손에서 놓지도 못하고 죽었다. 그 스마트폰인가 뭔가 가 요물인데, 나는 전화를 걸 줄도 모르고 받을 줄도 모르는 데 창수는 자꾸만 나보고, 이 속에 사진도 있고 하면서 사용 법을 안 갈쳐줬나. 비밀번호도 나 때문에 없앴다 하더라. 내 사 며늘애 도망가고 나니 그 전화기부터 당장 깨부수고 싶 은 것도 많이 참았다. 며늘애도 소식 안 들겠나, 창수 죽었다 고…… 한 번은 지가 전화 하겠지, 그럼 내 말 한마디만 전해 주소…… 이제 창수도 죽고 다 끝났으니, 고마 그만 숨어 살 라고. 젊은 사람이 그래 살아가 되겠느냐고…… 내사 지가 원하면 호적도 파줄 수 있다고, 그렇다고 내 자식 죽게 한 거 용서한다는 뜻은 아니다."

창수 어머니는 119에 먼저 전화해 어떻게든 살려보려고 했다. 그래도 희영이 어찌 알고 용케 병원까지 찾아와 큰 어 려움 없이 장례를 준비할 수 있었다며 감사해했다.

조문객은 별로 없었다. 상우는 상주를 자처하고는 들어 오는 손님을 맞았다. 한마음 친구들이 연락을 받고 하나둘 씩 모이기 시작했다. 자정이 넘자 그나마 몇몇 앉아 있던 문 상객들도 빠져나가고 없었다. 한마음 사람들이 돌아가는 길 에 창수 어머니를 집까지 바래다준다며 함께 나갔다. 장례식 장에는 상우와 희영 둘만 남았다. 모두 돌아가자 희영은 긴장이 풀린 탓인지 곧 깊은 잠에 **빠졌다**. 상우는 잠든 희영이 깨어나지 않게 조심스레 외투를 덮어주고 그 옆에 몸을 눕혔다. 찰나의 순간 깊게 잠을 잤다. 어느 때보다 정신은 맑았고, 생각은 또렷했다.

동이 트는지 주변이 밝아오고 있었다. 상우는 잠든 희영을 한참을 바라보았다. 창수 어머니가 건네준 창수의 휴대전화 속의 사진들을 보았다. 사진 대부분은 창수가 건강했을 때 희영과 셋이 찍은 사진들이었다. 한마음 사람들과 찍은 사진이나 강연하는 모습을 찍은 사진은 없었다. 창수 아내 사진이라고는 봉사 다니던 시절 마당에서 빨래를 널다가 찍힌 옆얼굴 달랑 한 장이었다. 사진 속에서 그녀는 하얗고 가지런한 이를 드러내고는 행복한 듯 웃고 있었다.

창수는 도망가버린 아내를 찾아달라며 상우에게 부탁했었다. 안타까운 마음에 그녀를 찾기 위해 백방으로 찾아 헤맸지만 그녀는 본래 이 세상에 존재하지 않았던 사람처럼 깨끗이 흔적을 지우고 사라져버렸다. 창수는 아내의 소식을 알아내지 못하자 크게 낙담했다. 희영은 그런 창수가 걱정되어 시간만 나면 창수의 집을 드나들며 그의 말벗이 되어주었다. 그러면 그럴수록 창수는 희영과 상우에게 미안해하며 자신을 찾아올 시간에 도움이 필요한 사람들에게 한 번 더 찾아가 보라고 했다. 상우는 이직을 하자 창수부터 자신이 관할하는 미림동으로 이사시켰다. 아내와 함께 살던 집 이곳저곳에서 추억이 떠올라 힘들어 하는 창수를 더는 두고 볼 수 없어서였다. 창수의 죽음이 이직한 지 얼마 되지 않아 바쁘다는 핑계로 좀 더 그에게 신경 쓰지 못한 자신의 책임인 것만 같았다.

창수가 마지막으로 전화를 건 사람은 상우였다. 그는 새벽에 집으로 걸려 왔던 전화를 떠올렸다. 상우는 천천히 장례식장 안을 한 바퀴 걸었다. 손등의 생채기에서는 하얗게 곰팡이 같은 것이 피어 있었다. 그 밑으로 진물도 함께 흘러내렸다. 환하게 웃고 있는 창수의 영정 사진을 바라보며 상우도 웃었다.

비린내

1

항운노조 지부장실에 가본 사람들은 지부장 책상 뒤에 걸린 그림들을 자주 화제에 올렸다. 그 건조하고 살벌한 노조 사무실에 품격 있는 그림이 걸려 있는 건 여간 인상적인 일이 아니라고들 했다. 그리고 노조 지부장의 예술적 감식안을 칭찬했다. 말하자면 지부장실의 그림은 지부장의 이미지 제고에 중요한 역할을 한다는 뜻이었다.

지부장실에 걸린 그림은 지부장들이 바뀔 때마다 달라졌다. 처음 내가 서기로 왔을 때에 걸어준 그림은 모네의 '해돋이'였다. 태양이 물 위에 그림자를 남겼는데 물속으로 불이 흘러내리듯 흔들리는 장면이었다. 지부장이 바뀌자 해돋이 대신 세잔의 화병이 있는 정물화가 걸렸다. 그리고 얼마 후

다빈치의 '최후의 만찬'이 걸렸다. 어떤 지부장은 재직 중에 그림들을 몇 번씩 바꾸고 싶어 한 사람들도 있었다. 그래서 지난 십여 년 동안 지부장 책상 뒷벽의 그림들은 수십 장 바뀌었다.

그 그림들을 내가 그렸다는 걸 나 외에는 아무도 모른다. 지난 십여 년 동안 나는 본의 아니게 지부장실의 그림 담당이었다. 세월이 지나는 동안 그것은 하나의 불문율로 굳어졌다. 나는 그림을 그리고 크기에 따라 내가 필요한 만큼의 영수증을 만들어 붙이면 되었다. 그 일은 우연히 시작된 일이었다. 내가 서기가 되던 해 첫 지부장이 부임했을 때 지부장은 벽에 걸 액자 그림을 하나 사 오라고 했다. 나는 어느 정도 크기면 되느냐고 물었다. 그러자 그는 아무것도 없는 하얀 벽을 재빠르게 한번 쳐다보더니 오른손 두 번째 손가락을 이용해 뒷벽에다 대강의 크기를 그렸다. 나는 액자의 크기를 감안하기 위해 지부장의 손가락 끝을 열심히 눈으로 쫓았다. 페인트칠을 했지만 거친 벽돌 부스러기에 지부장 손가락에 약간의 생채기가 났다. 지부장은 대수롭지 않다는 듯 손을 쓱쓱 바지춤에 문지르고는 말했다.

"이 정도면 돼."

"예?"

"이 정도 크기면 된다고."

지부장은 답답한지 벌떡 일어나더니 이번에는 연필꽂이에서 볼펜을 집어 들고는 정확한 테두리를 그렸다.

"가격은요?"

"가격? 그건 알아서 해. 내가 뭐 아나? 단 크기만은 내가 말한 것을 꼭 지켜주게. 내 말 무슨 뜻인지 알아들었지?"

출퇴근길에 자갈치역 지하 통로에서 그림을 내놓고 파는 것이 생각이 나서 무작정 그곳으로 갔다. 그림들이 다 요상했다. 호랑이, 사슴, 보리밭, 유럽식 전원주택 등 뭐 그런 것들밖에 없었다. 싼 티가 줄줄 흘렀다. 크기도 지부장이 요구하는 크기가 아니었다. 크기에 맞고 제법 품위도 느껴지는 그림을 어디서 구하나 하고 골몰하다가 나는 내가 그려야겠다는 쪽으로 생각을 바꿨다. 나는 명색이 미술대 회화과 서양화 전공 출신이고, 장래가 촉망되는 화가 지망생이었다. 나에게는 원대한 화가에의 꿈이 있었다. 내가 항운노조에 들어온 것은 어디까지나 몸이 아파 생활 방편상 임시로 들어온 것이었다. 나는 숨겨진 내 재주를 한번 써먹어 보기로 했다. 고전 작품 모사를 실습하던 시절에는 동료들이나 교수들한테서 누구보다 그 실력을 인정받았다. 모사 실력이란 화가의 기본적인 회화 능력을 측정해볼 수 있는 영역이다. 첫 번째 그림의 가격을 100만 원으로 정했다. 그림이란 게 가격이 낮으면 그만큼 가치가 없어 보인다. 가격이 그림의 가치를 만들어내는 것이다. 내가 처음 그린 그림이 모네의 '해돋이'였다. 지부장은 크기에 만족했다. 지부장실을 방문한 사람들은 할 얘기가 별로 없으면 벽 뒤에 걸린 '해돋이'를 화제에 올렸다. 손님들은 지부장에게 예술적 감각이 있다고 칭찬했다. 지부장은 그 말에 몹시 흡족해했다. 그에게 예술적 감각이라……. 1년쯤 뒤 지부장이 그림을 한번 바꿔주자고 했을 때 나는 가격을 150만 원으로 올렸다.

　현 지부장이 취임했을 때도 낡은 그림을 교체하는 일부터 시작했다. 가로 구십, 세로 오십 센티미터에 달하는 액자였다. 전 지부장의 그림을 떼어낸 벽에는 액자 모양 그대로 자국이 남아 있었다. 세월에 은근히 녹아든 주변의 누런색과 하나 되지 못한 채 액자 크기만큼 흰색이 도드라져 있었다. 지부장은 서둘러 그 흔적 위에 액자를 걸었다. 레오나르도 다 빈치의 '최후의 만찬'이었다. 그림은 예수가 죽기 전날을 그린 것으로 열두 제자와 함께 만찬을 나누는 장면이었다. 걸어놓고 보니 이전에 걸려 있던 그림과 크기가 달라 액자 주변으로 하얀 벽이 띠처럼 보였다. 그림에만 신경을 쓰느라 액자 크기는 미처 생각하지 못해 겨우 그 속에 있던 금고만을 감춘 꼴이 되고 말았다. 지부장은 습관처럼 미간을 찌푸리며 액자를 올려다보곤 했다.

2

잘 잡히지 않는 심해어 돗돔이 산 채로 그물에 걸렸다. 주로 따뜻한 제주 앞바다에 서식하는 돗돔이 해수면 상승으로 동해에서 잡혀 모처럼 어시장은 잔치 분위기였다. 방송사에서도 좀처럼 잡히지 않는 2미터짜리 대형 돗돔이 잡혔다는 소식에 카메라를 들고 한달음에 달려왔다. 경매를 마친 돗돔의 해체 작업은 어시장 바닥에서 이루어졌다. 지부장이 돗돔 뱃살을 얻어 와 흩어져 일하던 사무실 직원들과 현장에서 일하던 조장들과 반장들까지도 돗돔회를 맛보기 위해 사무실로 모여들었다.

항운노조 공동어시장지부 사무실은 어시장 주차장 옆에 자리하고 있었다. 콘크리트로 지은 5층짜리 건물로 주변은 바다 냄새와 생선 비린내가 진동했다. 건물 안은 햇빛을 등지고 지은 데다 낡은 전기시설 탓에 음침하고 어두웠다. 엘리베이터가 없어 사람들은 계단을 이용했는데 층마다 계단

옆에 공동화장실이 있어서 그곳에서 담배를 피우거나 자판기 커피를 마시곤 했다.

경리인 홍 양은 탕비실 한쪽에 넣어두었던 회칼을 꺼내 회를 떴다. 길고 가느다란 회칼 끝에서 한 점씩 먹기 좋은 크기로 뱃살이 갈라졌다. 홍 양은 날렵한 칼끝에 베이지 않도록 조심하고 있었다.

몸이 다부지게 생기고 머리를 짧게 깎은 지부장은 이제 돗돔 맛은 볼 만큼 봤다고 생각했는지 마시던 술잔을 내려놓고는 홍 양 곁으로 다가가 나지막한 소리로 홍 양 하고 불렀다. 부르는 소리에 대답한다는 것이 그만 칼끝이 들려 집게손가락에서 피가 났다. 그녀는 피가 나는 손을 입에 물고 피를 빨며 다른 한 손에는 칼을 들고 지부장 앞에 서 있었다. 그는 칼을 든 홍 양 모습에 인상을 구겼다. 홍 양은 당황해 칼을 얼른 내려놓았다. 지부장이 뭐라고 하자 홍 양은 그의 사무실로 따라 들어갔다. 지부장은 틀림없이 사무실 벽에 걸린 '최후의 만찬' 뒤 금고로 갈 것이다.

경리를 데리고 지부장실로 들어간 잠시 뒤 지부장이 노란 서류봉투를 들고 바쁘게 밖으로 나갔다. 홍 양이 따라 나왔다. 옆에 앉은 그녀는 현장의 반장이나 조장들이 들고 나는 것을 눈으로 체크하며 쉼 없이 상추쌈을 만들어 입에 넣기 바빴다. 그녀의 한쪽 입이 복어 배처럼 불룩하게 튀어나와 있었다.

"지부장님 요즘 왜 저렇게 바쁘시죠?"

나는 지부장 뒤를 쫓던 눈으로 홍 양에게 물었다. 몸이 마르고 키가 삐죽 큰 그녀는 목소리를 낮추라며 속삭이듯 말했다.

"은행에 퇴직금이 106억이 있어야 하는데 18억밖에 없어서 몇 번이나 경찰서에 불려가 조사를 받았잖아요. 지금도 그것 때문에 나간다고 했어요. 약이라도 좀 쓰려고 하는 것 같아요. 따지고 보면 전 지부장도 책임이 있는데 협조를 구하려니까 자꾸 발뺌을 하나 봐요. 이미 자신의 손을 떠난 일이라며 도와줄 수 없다고요. 며칠 전에 아예 해외로 나갔다고 하네요."

"큰일이네. 조용히 지나가야 할 텐데……. 허긴 옛날에도 심심하면 조여오곤 했으니까."

"누가 고자질을 한 모양인데 액수가 적잖아서……. 쉽게 가라앉을 것 같지도 않으니 걱정이에요."

"누가 그랬을까요?"

"글쎄, 그걸 누가 알겠어요. 전 지부장이 해외로 나가 꿈쩍도 않는 걸 보면 그쪽 사람인지도 모르고……. 아무튼 윤 서기님도 조심하세요."

어느 자리 어느 모임에나 사람들은 계보를 만들었다. 그런 후에 만든 계보를 지키기 위해 끊임없이 노력했다. 튼튼한 계보를 쌓았다고 믿는 사람들은 방심하기 일쑤였고 그 순간 허를 찔렸다. 계보가 맞지 않는 사람이 실세가 되는 순간 피비린내 나는 싸움만이 존재했다. 누구나 그 싸움에 희생되지 않기 위해 애쓰지만 때로는 영원할 것 같은 권력도 물거품처럼 사라지는 날이 도래하기 마련이었다.

오후에 현장에 나갔다. 어시장 집하장은 방금 납입된 어류 분류와 오후 경매에 대비한 준비로 한창 바빴다. 내가 맡은 보직은 재무관리와 생물수량관리였다. 오늘 입하한 어종과 어획량을 파악해서 전체 물류의 흐름을 보고하는 일이었다. 임시로 일한다는 것이 어느새 10년이 흘렀던 것이다.

"오늘은 날씨가 좋아 어획량이 많네요. 생물 수량 파악하려면 골치깨나 아프겠습니다."

오반장이 나를 보고 먼저 알은체를 했다. 반장 중에서도 근속연수가 제일 많은 사람이었다.

"이런 날은 어디 가서 뜨거운 물에 목욕하고 경치 좋은 곳에 가서 술이나 한잔하면 딱 좋은……."

"윤 서기님은 뭘 그런 걸 다 걱정해요, 우리가 준비한 것이 있으니 시간만 내주세요."

"시간이야 내면 시간이지…… 반장님이 불러주시면야……."

여기저기서 나에게 인사하는 사람들이 많았다. 처음에는 나이 든 사람들이 허리를 굽혀 인사하는 것이 부담스럽고 어딘지 잘못되었다고 느꼈다. 시간이 흐르자 나는 당연하다는 듯 인사를 받았고 먼저 인사하지 않는 사람에게는 회식자리 같은 곳에서 핀잔을 주기도 하고 현장에서 일할 때 불이익을 줬다. 그러자 그들은 인사를 한 것으로도 모자라 깍듯하게 존대하며 말을 붙여 왔다.

작업이 마무리된 것은 퇴근을 두어 시간 남짓 남겨둔 오후 두 시쯤이었다. 두 시가 넘어가자 오 반장이 얼추 현장이 마무리되어 간다며 곁으로 다가왔다. 나와 오 반장은 언제나처럼 근처 다방으로 향했다. 다방에서 오 반장은 생물수량 확인서를 내밀며 사인해달라고 했다. 예상대로 상자 수가 모자랐다. 나는 상자 수를 적은 서류를 최대한 천천히 손가락으로 집어가며 확인했다. 오 반장은 백만 원이 넘음 직한 돈뭉치를 서류 밑으로 슬쩍 밀어 넣었다. 나는 움직이던 손가락을 멈추고 서류 밑에 깔린 돈을 빠르게 점

퍼 주머니에 쑤셔 넣었다. 그러고는 사인을 한 뒤 일어서며
말했다.

"생물 상자 수가 너무 많이 모자라면 내가 곤란해지는
데……."

"네네, 이번만 봐주세요."

오 반장은 허리를 깊게 숙이고는 다방을 나서는 나의 뒤
를 따랐다.

3

병원 예약시간인 5시가 가까워오자 마음이 바빴다. 몸에
밴 비린내를 없애기 위해 샤워를 했다. 조금이라도 남아 있
을 비린내를 없애기 위해 천연향료를 이용해 온몸을 빠득빠
득 한 번 더 씻었다. 이를 닦을 때도 기본적으로 칫솔질을 두
번씩 하고 구강청정제로 헹구어냈다. 씻는 데 한 시간 정도
가 걸렸다.

지부장실에는 개인 화장실과 샤워장이 마련되어 있었다.
샤워장은 사무실 사람이면 누구나 자유롭게 이용할 수 있도
록 뒤쪽으로 문을 따로 만들었다. 하루 종일 생선과 씨름하

다 보면 자연히 비린내가 온몸에 배었다. 비린내를 의식하고 샤워를 하고 퇴근을 하는 사람도 있었지만 오랜 어시장 생활에 이제는 비린내조차 맡지 못하는 사람들도 있었다.

그렇게까지 씻고 병원에 갔는데도 내게서 냄새가 나는지 간호사는 나만 보면 코끝에 힘을 주었다. 그 모습에 내가 먼저 물어보았다.

"냄새가 나나요?"

심각한 나와는 다르게 간호사는 무신경하게 대답했다.

"그럼요. 아로마 향 같기도 하고……"

그녀가 말끝을 흐리고는 투석을 위해 미리 수술로 만든 동정맥에 바늘을 꽂으며 말했다. 나는 더는 묻지도 못하고 투석기만 바라봤다.

"한숨 주무시고 일어나면 끝나 있을 거예요."

나는 간호사의 말처럼 한숨 자고 나면 모든 것이 끝나 있기를 간절히 바랐다. 간호사가 끝나 있다는 것은 몸속 혈액이 기계를 돌아 노폐물을 걸러내고 핏속에 있는 수분을 빼내는 그저 단순한 기계 작동을 말하는 것이고, 내가 끝나 있다는 것은 다시는 병원을 찾아오지 않아도 될 만큼 건강해지는 것을 말한다. 이처럼 간호사와 나는 같은 단어 속에서 다른 생각을 하고 있었다.

간호사는 이틀마다 앵무새처럼 같은 말을 반복했다. 바늘을 꽂고는 슬리퍼 끄는 소리를 내며 커튼을 획하고 치고는 사라졌다. 나는 평범한 삶으로 돌아가고 싶었다. 네 시간만이라도 깊은 잠에 빠져 아프다는 사실을 잊고 싶었다. 나는 자고 싶었다. 하지만 자려고 하면 할수록 정신은 더 맑고 또렷해져서 나를 괴롭혔다. 여러 가지 생각들로 머릿속이 복잡했다. 이대로 잠들면 영원히 깨어나지 못할까 봐 불안했다. 결국 나는 자고 싶은 것이 아니라 살아 있다는 걸 확인하고 싶었다. 교미가 끝난 수컷 사마귀가 암컷 사마귀에게 잡아먹힐 것을 알면서도 사랑에 열중하듯 말이다. 뒤돌아 나가는 간호사의 희고 깨끗한 발목. 여리고 흰 발목이 아득하게 보였다.

나는 혈액투석을 하기 위해 일주일에 세 번 병원을 찾는다. 이틀에 한 번 꼴이었다. 수요일과 금요일은 그런대로 얼굴이 봐줄 만했다. 굳이 내가 먼저 나서서 병에 대해 말하지 않는다면 아픈 사람이라고 눈치채지 못하는 사람이 대부분이었다. 그러나 월요일에는 사정이 달랐다. 토요일과 일요일을 지낸 신장이 기능을 다하지 못하여 혈액에 노폐물이 쌓이고 수분이 과잉되어 호빵처럼 통통 불었다.

그림을 공부하는 성인반 사람들은 모두 여덟 명이었다. 여기 오는 사람들은 상당한 수준의 그림 실력을 가지고 있었다. 화실을 연 사람은 모 대학의 교수였다. 그는 간판만 걸어두었지 거의 화실에는 나타나지 않았다. 한 달에 한 번쯤 들를까 말까였다. 이 화실을 운영하는 것은 그의 제자들인 대학원생 둘이고 그는 와봐야 몇 마디 평이나 해주는 정도였다. 숨어서 그림을 그리기에 이보다 더 좋은 조건은 없어 보였다.

나는 다시는 이젤 앞에 앉을 수 없을 줄 알았다. 물감에서 나는 특유의 기름 냄새를 맡으니, 건강한 피가 몸속 구석구석을 빠르게 돌고 있는 듯한 착각에 사로잡혔다. 죽었다가 다시 살아난 것처럼 기분이 묘했다. 그러나 그 기분도 오래가지는 못했다. 몸은 깊은 몰입을 허락하지 않았고 정신은 누군가에게 쫓기듯 늘 불안하고 우울했다. 화가를 꿈꾸는 나를 아버지는 무척 싫어했다. 환쟁이가 밥이나 먹겠느냐고 했다. 아버지는 나에게 그림 대신 밥을 주었다. 그런데 언제부턴가 나는 이제 그림을 그릴 수 없다는 걸 알았다. 밥 대신 뭔가가 내 속의 열정을 다 죽여버린 것이다. 아무래도 붓이 나가지 않았다. 언제나 들리는 건 아버지의 목소리였다.

"됐다. 네가 됐어."

아버지는 전화로 나를 황급히 어시장으로 불러냈다. 어시장에 처음 오는 것도 아닌데 어색해 자꾸만 내 목은 짧아지고 어깨가 움츠러들었다. 시커멓게 무리를 이룬 갈매기 떼들이 지붕 가득 앉아 있었다. 그 밑으로 한 무리의 사람들이 모여 있었다. 풍어제는 얼추 끝나가고 있었다. 바닥에는 경매를 마친 생선 상자들이 비린내를 풍기며 즐비하게 늘어서 있었다. 어느 매지가 누구의 생선이고 어디까지가 경계인지도 알 수 없는 상자 사이사이로 좁은 길들이 나 있었다.

생선들은 커다란 눈알을 부릅뜨고 모두 죽어 있었다. 한 마리의 갈매기가 신호탄을 쏘듯 지붕에서 먼저 하강해 죽은 생선들을 향해 돌진했다. 그 뒤를 따라 두서너 마리씩 무리를 지어 갈매기들이 하강하기 시작했다. 그 사이를 걸어 풍어제를 지내는 사람들 곁으로 다가갔다.

"니도 어서 절을 올려라."

아버지는 나를 보자 반갑게 손을 잡아끌었다. 그리고는 다른 사람 손에 쥐어져 있던 막걸리 주전자를 낚아채듯 빼앗아 사발 가득 막걸리를 채웠다. 나는 아버지가 시키는 대로 술을 따랐다. 어리둥절해하는 나와는 다르게 아버지는 삐져나오려는 웃음을 참아내는 것이 역력했다. 아버지는 감청색 점퍼를 입고 있었다. 왼쪽 가슴에는 항운노동조합이라는 글자가 선명했다. 점퍼 안주머니 깊숙이 넣어두었던 지갑을 꺼내기 위해 아버지의 몸이 왼쪽으로 쏠렸다. 언뜻 보아도 꽤나 되어 보이는 돈뭉치를 세어보지도 않고 돼지 주둥이에 꽉하고 쑤셔 넣었다. 나는 시선을 받는 것이 불편해 엉거주춤한 자세로 절하고는 뒤로 물러났다. 신발을 다 꿰기도 전에 아버지가 내 어깨를 감싸며 모여 있는 사람들에게 말했다.

"이놈이 내 큰자식입니다. 내가 퇴직한 자리에 이놈아가 새해부터 일할 것입니다. 다들 얼굴 잘 보세요. 윤석준 서기입니다."

사람들이 하나둘씩 우리 부자 앞으로 모여들었다. 아버지에게 은혜를 입었다고 생각하는 사람들이 나에게 눈도장이라도 찍기 위해서였다. 대세는 아버지에서 나에게로 넘어왔다.

4

병원 옆에 있는 해장국집 가마솥에서 하얀 연기가 피어

올라 어지럽게 흩어지고 있었다. 해장국을 주문했다. 악골이
뻐근할 정도로 씹어 맛있게 한 그릇 뚝딱 해치웠다. 배는 부
르지 않았다. 나는 한 그릇을 더 주문해 먹었다. 어느 때보
다 힘이 솟고 건강해진 기분으로 계산을 하고 밖으로 나왔
다. 해장국집 앞에는 버스 차고지가 있었다. 고장 난 버스가
천천히 앞을 지나갔다. 버스 앞뒤에 기사가 급하게 적어 넣
었음 직한 삐뚤빼뚤한 글씨의 '공장행'이라는 문구가 보였
다. 버스 꽁무니에서 검은 연기가 나오다 말다 했다. 나는 해
장국집을 다 벗어나지도 못한 채 담벼락을 부여잡고 토하기
시작했다. 음식물을 다 게워냈을 때 내 심연에서 꿈틀거리
는 뭔가를 느꼈다. 투석이 끝나면 곧장 집으로 향하곤 했지
만 오늘은 그러고 싶지 않았다. 사무실 분위기도 어수선하고
주머니에 돈도 들어 있겠다 화월장으로 갔다. 큰길까지 나와
서 삐끼 노릇을 하고 있는 늙은 여자가 나를 보자 입꼬리를
슬쩍 올려 웃어주고는 나를 안내했다. 히파리의 엉덩이가 느
리게 걷는 코뿔소 같다. 그녀는 나이 들고 살이 찌기 전에는
창녀촌에서는 꽤나 인기를 끌었다고 했다. 단골도 많았고 그
덕에 콧대 높게 굴며 이 남자 저 남자 품에 안겨 제 주제도
모르고 세상을 다 가진 듯 살다가 이 모양 이 꼴이라고 했다.

　그녀의 무용담을 듣던 날은 내가 이곳을 처음 찾던 날이

었다. 아버지 몰래 국선에 그림을 7년째 응모했다. 나는 자신이 있었다. 하지만 현실은 나를 번번이 낙방이라는 낙인을 찍어 헌신짝처럼 버렸다. 아니, 뭉개고 짓밟아 사정없이 찢어발기었다. 나는 그 원인을 처음에는 실력 부족이라고 생각했다. 다음에는 운이 없어서였다고 위로를 했다. 그다음에는 심사위원의 취향이라고 스스로에게 용기를 북돋았다. 내 생각은 모두 엉터리였고 현실을 도피하기 위해 만든 허상이었다. 나는 그냥 신이 선택하지 않은 그렇고 그런 빤한 실력으로 길 가다 차이는 돌멩이요, 떨어지는 낙엽 같은 존재였다. 아버지 말이 옳았다. 더 이상 그림은 그릴 수 없었고 배는 고팠다. 그 간단한 것을 깨닫기까지 중학교 때부터 수십 년이 걸린 셈이다.

그날도 그녀는 큰길까지 나와 지나가는 남자들에게 들릴 듯 말 듯 긴 밤과 짧은 밤에 대해 이야기하고 가격을 흥정하고 있었다. 곧 죽을 듯 힘없이 걷는 나를 발견하고는 어깨를 감싸 쥐고 미스 방으로 안내했다. 그러고는 내게 독한 술을 내어주며 쉴 틈도 없이 마시게 한 뒤 일면식도 없는 여자와 긴 밤을 보내게 했다. 다음 날 코뿔소 엉덩이는 주머니에 있는 돈 다 내어놓고 가면 된다고 말하고, 이곳은 그럴 때 오는 곳이라고 했다. 그녀는 내게 무슨 일이 있었는지 아는 사람처럼 말했다. 내 속을 훤히 꿰뚫어보듯 거침없이 말했다. '손님 얼굴만 보면 알지. 꼭 그 내막을 속속들이 들어야 되나.' 그것이 인연이 되어 나는 화월장의 단골이 되었다.

삼 년마다 지부장 선거가 있었다. 지부장이 바뀌면 함께 일하던 경리를 제외하고는 모두 새 지부장 사람들로 교체되는 것이 관례처럼 되어 있었다. 삼 년마다 선거가 이루어졌지만 아직까지는 같은 계보의 사람이 선거에서 줄곧 이겨왔기 때문에 인사이동만 있을 뿐 큰 문제는 없었다. 보통 한 번 부임하면 임기 삼 년에 재선까지 성공해서 육 년씩은 자리를 지키다 나갔다. 더 자리를 지키고 싶은 욕심이 없는 것은 아니었지만 무언의 약속처럼 육 년이면 어김없이 자리를 비워주었다. 그렇다고 선거가 시시하다거나 단일 후보 무투표로 당선되지는 않았다. 선거 때마다 후보는 두 명 정도로 압축되었다. 주로 두 명의 후보를 내는 쪽은 권력을 잡은 쪽과 거기에 맞서 잡으려는 세력이었다. 하지만 결과는 언제나 고래와 새우 싸움처럼 뻔했다.
"사무장님, 저는 뭘 하면 되나요?"
입사 후 첫 선거 때 나는 지부장의 선거 사무장에게 그런 식으로 물었다.

"눈치껏 행동하게. 선거 사무실이 차려지면 자네는 매일 그곳부터 들러 동태를 파악하고, 선거위원들이 뭐라고 떠드는지 또 필요한 건 없는지 알아 오면 되네."

내 자리만 보장해준다면 나는 그들이 시키는 일이면 뭐든지 할 각오가 되어 있었다. 부서 사람들은 지부장이 바뀌면서 자리 이동이 있었지만 나는 계속 서기로 남아 있는 조건으로 인사이동 없이 자리를 지켰다. 겉으로는 만년 서기지만 그 내막은 아픈 몸으로 다른 힘든 일들은 할 수 없다는 것을 잘 알고 있는 항운노조 사람들의 배려 때문이었다. 나는 그 부분에 대해 항상 고맙고 다행스러웠다.

5

다시 하루가 열린다. 월요일 새벽 날씨가 좋았던 탓에 겨울인데도 배들마다 만선을 알리는 깃발을 내걸고 항구로 들어왔다. 파도를 넘어오는 배들이 흥이 난 젊은이마냥 흥청거렸다. 만선 깃발은 바람난 여자의 치맛자락처럼 펄럭였다. 어시장 시멘트 바닥이 보이지 않을 만큼 생선들이 가득 찼다. 산처럼 봉긋 솟아 오른 매지도 여럿이었다. 작업은 빠르게 진행되었고 한쪽에서는 경매가 한창이었다. 나는 이제 주변을 눈으로 훑는 것만으로도 대충 어획량을 짐작할 수 있었다.

내가 일하는 사무실은 2층인데 계단을 오르면 길게 늘어선 복도 중간쯤이었다. 사무실마다 세로로 팻말을 달아두었다. 멀리서도 방 주인이 누구인지 쉽게 찾을 수 있었다. 지부장실 옆에 사무장과 두 명의 서기, 여자 경리가 한 방에서 큐비클을 사이에 두고 일했다. 현장에 있는 반장과 조장을 제외하면 다섯이서 칠백여 명의 노조원들을 관리했다.

냉동 창고가 발달하고 인근지역에서 찾는 어획량이 많아지면서 주차 시설은 턱없이 부족해졌다. 주차장은 어쩔 수 없이 증축에 들어갔다. 철판을 사각으로 잘라 올려 만든 주차장은 거인이 끼워 맞춘 레고 장난감 같았다. 증축하면서 따로 떨어져 있던 주차장과 항운노조 건물은 벽에 구멍을 뚫어 연결되었다.

나는 결제를 받거나 현장 상황을 보고하기 위해 가끔 지부장실에 들어갔다. 오늘은 어획량이 많아 현장 근무가 길어진다는 것과 반장들과 조장들에게 줄 시간외 근무수당에 대해 얘기하기 위해 지부장실을 노크했다. 지부장은 노크 소리를 못 들었는지 아무 대답이 없었다. 나는 조심스레 문을 열었다. 최후의 만찬이 벽에 삐딱하게 붙어져 있다. 비뚤어진 그림 사이로 금고가 보였다. 지부장은 금고에서 급하게 뭔가를 꺼내 가방에 담고 있었다. 나를 보고는 놀라 황급히 금고문을 닫고 그림을 걸었다.

"노크를 했습니다만."

"뭔가? 한참 바쁜데……"

"시간외 근무수당……"

"허참, 자넨 세상 돌아가는 걸 너무 몰라. 지금 그럴 계제가 아니야. 나가보라고."

지부장은 잔뜩 인상을 구기고 혀를 찼다. 나는 얼른 돌아 나왔다. 경리가 고개를 흔들며 그것 보라는 식으로 눈짓을 했다. 홍 양은 책상 옆에 놓인 의자에 앉자 작은 목소리로 소곤거렸다.

"저쪽에서 누군가가 경찰에 제보를 했다고 그러네요. 인간들이 너무 무작스러워. 그저 잡아먹겠다고……"

나는 현장으로 나왔다. 오 반장을 찾아 고개를 두리번거렸다. 오반장이 멀리서 나를 발견하고는 잽싸게 달려왔다. 작업반장들이 슬며시 찔러준 돈 봉투를 보여주며 언제나처럼 다방을 향해 걸었다. 심하게 가슴이 뛰기 시작했다. 내일 무슨 일이 생겨도 당장의 눈부신 황홀함을 거절할 이유가 없었다.

신부전증을 앓은 뒤부터 심한 허기에 시달렸다. 나는 곧 죽을지도 모른다는 생각에 불안했다. 그런 나를 지켜보는 아내 또한 힘들기는 마찬가지였다. 담당의사 조언에 따라 아내는 단백질 위주의 식단을 차렸다. 아내가 차려주는 음식이면 무엇이든 잘 먹던 나는 어시장에 출근한 어느 날부터 생선을 입에 대지도 못했다. 그런 나를 이상하게 보고는 아내가 한 마디 했다.

"그렇게 어시장에 비린내가 심해요?"

"응."

"그래도 어시장에 처음 출근하고 한동안은 생선을 잘 먹었잖아요. 이제 겨우 한 달을 넘긴 것 같은데 벌써부터 이러면 어떡해? 아버님은 어시장에서 30년 넘게 일했어도 지금껏 생선만 잘 드시는데."

나는 아내에게 버럭 소리를 질렀다.

"내가 비린내 때문에 생선을 못 먹겠다고 하는데, 뭐 그리 말이 많아? 아버지는 아버지고 나는 나야! 알겠어?"

아내는 평소 나답지 않은 행동에 당황하며 식탁에서 생선을 내리고는 불고기를 내 쪽으로 밀어주었다.

병원 문 앞에 서서 유리문에 비친 얼굴을 들여다보았다. 창백했다. 이마에는 구겨놓은 이면지처럼 굵은 주름들이 어수선하게 불거져 있었다. 두 손으로 마른세수를 해보았지만 허사였다. 퀭한 눈은 초점이 흐렸고, 몸은 탈수기에 들어갔다 나온 빨래처럼 물기 없고 버석댔다. 오늘 일어난 일에 대해 나는 말이 하고 싶었다.

걷는 내내 실성한 사람처럼 중얼거리고 있다는 사실조차 몰랐다. 화월장으로 가기 위해 붉은 신호 앞에서 멈춰 섰다. 전염병 환자 대하듯 사람들이 나를 피하며 한 발짝씩 물러섰다. 그때서야 내가 미친 사람처럼 중얼거리고 있다는 사실을 알았다. 미스 방 유리문에 바투 붙어 앉아 밖을 내려다보았다. 어두워 바다는 보이지 않고 가로등 불빛만이 그곳이 바다로 향하는 길임을 말해주고 있었다.

처음 이곳을 찾았을 때도 오늘처럼 밤이 긴 만큼 해는 짧아 세상이 온통 어둠으로 덮여 있던 그 시간 어디쯤이었다.

6

공동어시장 입구에 도착하자 많은 사람들이 입구를 둘러

싸고 있었다. 그들은 주차장을 손가락으로 가리키며 웅성거렸다. 지부장, 칼, 형사……. 나는 자세히 듣기 위해 그들 곁으로 다가갔다.

"지부장이 샤워장에서 칼을 들고 죽어버리겠다고 버티고 있다고 하던데요."

알록달록한 일바지를 입은 여자가 말했다.

"뭐, 뭐 때문에 칼까지 들고 설친대요……?"

리어카에 생선을 담아 옮기는 일을 하던 남자가 끌던 수레를 세워놓고 말했다.

"잘은 모르겠는데요, 항운노조 퇴직금 때문에 그렇다고 하던데요. 은행에 있어야 할 퇴직금 잔고가 맞지 않아 경찰서에 불려가 여러 차례 조사를 받았다고 하지요……. 오늘은 형사들이 끝장을 볼 생각으로 지부장실까지 찾아온 거라나 뭐라나."

일바지 옆에 서서 생선 꼬챙이를 들고 있던 남자가 대답했다.

"아니, 지금은 샤워장에서 나와 주차장 연결통로에 숨어 형사들과 대치 중이라고 하네요. 형사가 지부장을 따라 뛰어가는 것을 직접 봤다니까요. 형사가 방해된다고 다 나가라고 고함을 치는 바람에 구경하던 사람들 모두 쫓겨 내려왔고……."

또 다른 남자가 고무장갑을 벗어 바지에 눌러붙은 생선 비닐을 툭툭 털며 말했다. 나는 계단을 뛰듯이 올라 사무실로 들어갔다. 사무장도 자금 담당 서기도 어디로 내뺐는지 보이지 않았다. 경리만이 안절부절못하고 있었다. 나를 보자 홍 양은 지부장실을 가리키며 들어가 보라고 했다. 지부장실은 폭격 맞은 전쟁터처럼 난장판이었다. 화장실 문과 샤워장 문은 모두 뜯겨 나가고 없었다. 샤워장 한켠에는 지부장이 들고 설쳤음 직한 회칼이 떨어져 나뒹굴고 있었고, '최후의 만찬'은 바닥에 떨어져 있었다. 그림 속 얼굴들은 찢겨지고 조각난 채로 방 안에 여기저기 나뒹굴고 있었다. 제자들과 예수의 얼굴이 여기저기 흩어진 채로 나를 노려보는 듯했다. 나는 뒤로 슬금슬금 빠져나와 주차장 연결통로로 갔다. 주차장 연결구에는 형사 둘이 서 있었다. 각 사무실에서 사람들은 고개 위에 고개를 얹고 구경하고 있었다. 형사가 소리쳤다.

"빨리 나와요, 아무리 버텨봐야 소용없어요."

주변은 팽팽한 긴장감이 감돌았다. 지부장이 제 발로 터덜터덜 걸어 나왔다. 긴장감을 참지 못했던 건지, 어떤 결심이 서기라도 한 건지는 알 수 없었다. 얼굴은 잿빛으로 변해 있었다. 그의 얼굴에서 측은함과 평온함이 공존해 있었다. 그가 나타나자 형사들이 빠르게 양팔을 붙들었다. 그는 앞만을 주시하며 말했다.

"화장실에 가고 싶습니다."

형사들은 통로 옆에 있는 화장실을 턱으로 가리켰다.

"문 앞에서 지키고 있을 테니 딴 생각 말고 빨리 다녀와요."

전의를 상실한 패잔병 같은 모습으로 지부장은 천천히 걸어 화장실 맨 앞 칸으로 들어갔다. 주차장의 외등들이 그 앞을 환하게 비추고 있었다. 형사들은 문만을 주시하고 있었다. 문소리가 덜컥거리고 난 후 갑자기 '펑'하는 소리가 들렸다. 화장실 문틈으로 순식간에 검은 연기와 신나 냄새가 새어 나왔다. 형사들은 안으로 들어가기 위해 발로 화장실 문을 여러 번 걷어찼다. 문이 열렸을 때 그는 그을린 채 바닥에 쓰러져 있었다. 머리에서부터 신나를 뿌리고 라이터를 당긴 것 같았다. 좁은 화장실은 산소 부족으로 펑하고 터졌고, 불씨들이 여기저기 튀었다. 모여든 사람들은 물을 뿌려 불씨부터 진화했다. 나도 그들을 도와 불부터 껐다. 혼자 모든 책임을 져야 하는 지부장이 신나를 미리 구입해 공동 화장실과 지부장실 화장실에 숨겨둔 것이었다. 그는 악 소리 한 번 지르지 못한 채 검게 변해 있었다. 통닭구이처럼 양손을 가슴 앞으로 모으고 발을 배에 바짝 오므리고 있었다. 그 모습을 보자 한겨울 얼음물에 뛰어든 것처럼 온몸의 털이 다 일어서고, 구멍이란 구멍이 모두 열리는 것 같았다. 그의 고통이 고스란히 내게 전해지는 듯했다. 형사들은 근처에 있는 사람들 도움을 받아 지부장을 옮겼다.

그때 누군가가 내 손을 잡아끌었다. 오 반장이었다. 오 반장은 나를 끌고 인적이 없는 어둡고 그늘진 계단참으로 데리고 갔다.

"큰일입니다. 지부장님은 어때요?"

"난들 아나? 일단 병원으로 이송됐으니, 소식을 기다려봐야지."

"지부장 문제만 아닙니다. 바로 조사가 들어올 겁니다. 누가 제보한 게 틀림없어요. 어떡하지요?"

"그러게 말입니다."

"윤 서기님과 우리까지 조사를 받으면…… 저 사람들이 뭔가 증거를 갖고 있다는 것인데……지부장이 죽는다고 끝나겠어요? 대대적인 조사가 시작되면……"

"글쎄, 그러니 대책이 있어야 하지 않겠어요?"

"무조건 모르는 일이라고 밀고 나가야지요. 윤 서기님은

될 수 있으면 출장 건수를 만들어 한동안 떠나 있는 게 좋을
거 같은데요."

"잠수를 타라는 얘기요?"

"일단 피하고 보는 거지요. 피해서 돌아가는 거 보다
가……"

"알았습니다."

"잡혀도 무조건 모른다는 쪽으로……"

"당연하지요. 오 반장도 무조건……"

"물론입니다."

나는 코를 틀어막고는 정신없이 계단을 내려가 밖으로
뛰쳐나왔다. 어디로 가나? 집이라고 안전할 리가 없었다. 나
는 일단 정신없이 걸었다. 어디를 어떻게 걷는다는 감각도
없었다. 문득 눈을 들어보니 낯익은 장소였다. 코뿔소 엉덩
이 그녀가 나를 안내했다. 그녀가 안내하는 방으로 들어갔
다. 유리문 안에 상품처럼 앉아 있던 여자는 이제 겨우 스물
을 넘겨 보였다. 여자의 앳된 모습에 놀랐다. 둘이 있게 되자
여자는 수줍은 듯, 나를 똑바로 바라보지도 못하고 있었다.
나는 주머니에 있는 돈을 모조리 꺼내 테이블 위에 올려놓았
다. 여자는 테이블에 올려놓은 돈에서 눈을 떼지 못했다. 그

녀는 콧소리를 섞어가며 원하는 것이 있으면 무엇이든지 말하라고 했다. 나는 여자를 빤히 바라보았다. 여자는 난처해하며 자신이 맘에 들지 않으면 다른 여자를 불러줄 수도 있다고 했다. 나는 속으로 생각했다. 단지 오늘 일어난 일에 대해 누군가와 얘기가 하고 싶을 뿐이라고. 하지만 차마 그 말을 할 수가 없었다.

"옷 벗지."

여자는 당연하다는 듯 옷을 벗었다. 지퍼를 열고 원피스를 벗자 속옷만이 남았다. 여자는 내 눈치를 살피며 그대로 서 있었다.

"속옷도 벗으라구."

나는 손을 마구 휘휘 저었다. 그러자 여자는 돈뭉치를 한번 더 살피더니 거침없이 속옷까지 벗었다.

나는 뚫어져라 그녀의 벗은 몸을 바라보고는 사타구니에 힘을 주며 말했다.

"내 몸에서 비린내가 나는지 맡아 봐."

여자는 어리둥절해하면서도 코를 킁킁거리며 나에게 다가왔다.

"방 안 가득 비린내가 진동을 하잖아. 비린내 때문에 숨조차 쉬기 힘든데, 냄새가 안 나냔 말이야?"

숨을 몰아쉬며 소리를 지르자 여자는 냄새를 맡던 일을 관두고 멀찍이 서서 나를 이상한 눈으로 바라보았다. 나는 두 손으로 몸에 붙은 비린내를 사정없이 털어내기 시작했다. 비린내가 먼지라도 되는 것처럼. 여자가 그런 나를 멍하니 바라보다가 돈값을 해야 되겠다고 생각했는지 내 옷을 벗기고 내 무릎 아래에 쭈그려 앉았다. 여자가 자기 할일을 하는 동안 나는 그냥 허깨비처럼 서 있었다. 불타버린 지부장의 모습이 환영처럼 떠올랐다. 여자의 얼굴, 가슴, 심지어는 음부에도 온통 검게 탄 지부장 얼굴이 어른거리고 있었다.

가려진 시간

짧은 만남으로도 거액의 돈을 지불하는 그런 비밀스런 남자들을 만났다. 그들은 브로커에게도 상당한 액수의 돈을 지불한다고 알고 있다. 어제 약속된 시간은 두 시간이었지만 남자가 아침까지 함께 있어 준다면 거액의 사례를 하겠다고 제안해 와서 나는 금기를 깨고 말았다. 내가 깨어났을 때 남자는 없었다. 남자는 매너가 좋았다. 사십대 중반에 금융권에서 일한다는 그는 마치 오래전부터 나를 알고 있었던 것처럼 서슴없이 대했고 솔직했다. 그는 내 직업을 과대평가하지도 않았고 그렇다고 천시하지도 않았다. 그냥 직업으로서 존중했다. 그래서 그는 모든 것이 은밀하게 진행되는 이 시대의 숨은 시스템을 효과적으로 이용할 줄도 알았다.

오래 사랑을 나누었다. 나는 모처럼 내 직업을 잊고 남자를 즐겼다. 아마 그 때문에 나는 남자보다 일찍 일어나야 한다는 사실을 잊었던 것 같다. 남자가 잤던 자리에는 침구 정리가 깨끗하게 돼 있었다. 침대 테이블에는 돈과 함께 프라다 키홀더가 놓여 있었다. 다시 만나자는 짧은 메모와 함께. 나는 갑자기 뭔가 중요한 것을 잃어버린 것 같은 아쉬움을 느꼈다. 그러나 그런 남자들을 다시 만날 일은 없었다.

나는 서둘러 호텔을 나왔다. 물 뿌린 큰 도로로 나오자 거리는 맑은 햇빛으로 가득했다. 도로에서 공공근로를 하는 노인들이 겨울에 말라죽은 풀줄기를 뽑아내고 봄꽃들을 심고 있었다. 나는 상점들이 늘어선 패션가를 느릿느릿하게 걸어갔다. 사람들이 드문드문 지나갔다. 아직 바람 끝에 찬 기운이 남았는데 쇼윈도의 마네킹은 화사한 봄옷을 입고 있었다. 부드러운 원피스의 아랫단에서 시작된 노랗고 붉은 꽃잎들이 바스트 라인까지 가득했다. 그 눈부신 꽃잎 뒤로 유리에 반사된, 검은 코트 차림의 내가 어른하게 비치고 있었다.

낮엔 좀처럼 바깥출입을 하지 않는 탓에 사람들이 이미 패딩이나 외투를 벗은 지 오래라는 것도 느끼지 못했다. 몸을 돌리려는데, 노란 머리를 귀 옆으로 바짝 틀어 올린 모습을 한 여점원이 나와서 한번 입어보라고 하더니, 웃는다. 아마 안에서 줄곧 나를 지켜봤던 모양이다. 그래, 한번 입어보는 거야 어때! 특별히 갈 곳도 없는데. 마지못해 점포 안으로 들어가자 여점원이 쇼윈도에 걸린 옷과 똑같은 모양의 새 옷을 꺼내 와 내게 건넸다. 피팅룸 안으로 들어가 입고 있던 검은 옷을 벗어버리고 새 옷으로 갈아입었다. 거울 앞에 섰다. 거울에 비친 내 모습에 나는 없었다. 낯설고 뻔뻔한 여자가 내 앞에 서서 너는 누구냐는 듯이 나를 쳐다보고 있었다. 그만 나는 피식 웃어버렸다.

그때 내 발치의 가방 속에서 휴대폰이 울렸다. 에이전트 박이었다. 나는 그의 이름을 모른다. 성이 박이라는 것밖에. 언젠가 이름을 들었는지도 모르겠지만 기억나질 않는다. 박과 나 사이 거래방식이 그랬다. 될 수 있으면 상대에 대해 모른 척해 주는 것이 관례처럼 되어 있었다. 박은 내게 언제 어디서 누구를 만나라는 용건을 정확하게 전했다. 내가 그 지시들을 잘 이행하면 입금했다. 그것이면 되었다.

박은 내게 오후 3시, M커피숍으로 나가보라고 했다. 오십 대 초반의 여자가 기다릴 거라고 했다. 기분이 묘했다. 여자라니, 그것도 늙어가는 여자. 이 업계에서 나는 언제나 20살이었다. 대학에 갓 입학했을 때 경제적 어려움으로 시작한 일이었다. 사람들은 내가 명문대생이라고 하자 더 좋아했고, 헤어질 때 용돈이라며 웃돈을 주는 일이 흔했다. 거래한 지십 년이 넘었지만 그런 요상한 주문은 처음이었다. 나는 네, 네 하고 습관적으로 대답하고는 바쁘니까 잠시 후에 전화하겠다고 말하고 끊었다. 노란 머리의 점원이 무심한 척 내 전화를 엿듣고 있었다. 나는 무심코 카드를 내밀었다.

집으로 가는 길은 대낮인데도 햇빛 한 점 들지 않는 어두운 골목의 연속이었다. 전봇대 밑에 쌓여 있는 쓰레기에서 악취가 났다. 야옹하고 고양이 울음소리가 났다. 쓰레기 더미에서 먹을 것을 찾아 헤매던 도둑고양이다. 나와 눈이 마주쳤지만 놈은 한참을 나를 노려보면서도 피하거나 도망치려 하지 않았다. 내가 먼저 눈을 돌렸다.

고양이 눈에도 내가 초라해 보일지 모른다. 얼마 전만 해도 나는 역세권에 이십 평대 아파트를 갖고 있었다. 아파트는 입주자의 신분을 최대한 보호해준다는 의미에서 우리 같은 직업 여자에게는 안성맞춤이었다. 출입도 자유롭고 좋았다. 그런데 그걸 남동생이 프랜차이즈를 낸다고 대출보증을 섰다가 말아먹고 이런 달동네로 쫓겨온 것이다. 다시 옛날의 아파트를 찾기 위해서는 더 열심히 뛰어야 하는데 늙어가는 여자면 어때.

내가 사는 집은 노부부가 방세를 받아 생활비에 쓰는 그런 집이다. 노부부가 아래층을 쓰고 별도 출입구를 만들어 이층을 내가 사용했다. 방 둘에 부엌은 하나였다. 방에 들어 와 커피부터 내리고 박에게 전화를 했다. 박은 기다렸다는 듯이 전화를 받았다. 늙은 여자가 왜 나 같은 여자를 찾느냐 고 물었다. 자세한 얘기는 만나서 직접 들어보라고 했다. 싫 다고 말했다. 박은 한참 동안 말이 없었다. 내가 전화기를 놓 으려는 순간 그의 다급한 목소리가 들렸다. '아까운데, 조건 이 너무 좋아.' 어떤 조건인데 그러느냐고 내가 물었다. 박은 간단명료하게 '돈'이라고 말했다. 그러면서 이번 일만 잘 성 사시키면 이 업계를 떠나도 좋을 만큼의 큰 돈을 제안했다고 했다. 여자가 여러 경로를 통해 알아보고 일부러 찾았으니 이유가 있지 않겠냐며 너스레를 떨었다. '돈'. 지금으로선 내 게 그보다 더 큰 유혹은 없었다. 좋아요. 돈만 넉넉히 준다면 한번 만나보겠다고 말했다. 조금 전 괜히 끌려들어 가 봄옷 을 살 때처럼 그렇게 나는 한번 입어보는 거야 어때! 하며 스 스로를 위로했다.

오후 세 시의 커피숍. 안으로 길게 햇살이 들어와 따뜻했 다. 구석으로 가서 앉았다. 조금이라도 내가 먼저 여자가 보 고 싶어서였다. 한 면이 통유리로 되어 있어서 야외 주차장에 주차를 하고 커피숍으로 들어서는 사람을 몰래 지켜보기엔 이만한 자리가 없었다. 투명 창에 바투 붙어 앉아 밖을 지켜보고 있었는데 중년 부인이 어느 결에 들어왔는지 내 앞에 서 있었다. 내가 그녀를 못 알아보듯 그녀 또한 나에 대해 아는 것이라고는 전화번호와 인상착의 정도가 전부였을 텐데 말이다.

그녀는 세 개의 빈 의자 중에서 내 정면에 있는 의자를 살짝 끌어당겨 앉았다. 허리를 세우고 엉덩이를 깊숙하게 넣고는 다리를 꼰 다음에야 내게 시선을 고정했다. 그녀가 하는 행동은 시네프랑스에서 본 흑백영화의 여배우처럼 우아했다. 특히 검정색 롱스커트 사이로 보일 듯 말 듯 한 하얀 다리 살이 그러했다. 박의 말로는 그녀는 몸이 몹시 아파 살날이 얼마 남지 않았다고 했다. 그런데 내 앞에 앉아 있는 그녀는 하얀 도자기처럼 빛났다.

커피 잔 속에서 크레마가 서서히 얇아지고 있었다. 커피 본래 색인 검정색으로 변해버리기 전에 서둘러 한 모금 마시고는 그녀를 힐긋 보았다. 그녀는 몸에 살도 적당히 붙어 있는 것이 건강하게까지 보였다. 오랫동안 침묵이 이어지고 있었다. 그녀는 나를 살필 만큼 살펴보았는지 아니면 이제야 할 말이 떠올랐는지 드디어 입을 뗐다. 그녀의 목소리는 새 털처럼 가벼웠다. 봄을 노래하는 종달새 같으면서도 어딘가 위험이 느껴졌다. 말속에 빨대를 꽂아 내 귀 깊숙이 있는 달 팽이관에 집어넣듯 정확하게 말했다.

"내가 얼마 살지 못할 거라는 것은 들어서 알겠죠?"

그녀의 말에 나는 아주 조금 고개만 끄덕였다.

"좋아요. 그거면 됐어요. 갑시다."

그녀의 기에 눌려 그녀가 나를 맘에 들어 하지 않을 것이 라고 생각했다. 내 예상은 보기 좋게 빗나갔다. 그녀는 나를 자기 집으로 데려가기로 했다고 말했다. 그녀가 막상 그렇게 나오자 나는 덜컥 겁이 났다. 어리둥절해하는 사이 그녀가 일어섰다. 그녀를 따라 가려고 일어선 것은 아니었다. 그녀 가 일어서는 바람에 따라 일어났을 뿐이었다.

그녀의 집은 해변 둔치에 자리 잡고 있었다. 하얀색 벽돌 이 군데군데 깨어지고 석회로 얼룩져 있었다. 알 수 없는 슬 픔으로 눈물 흘리다가 우연히 거울 한 귀퉁이에 비친 내 얼 굴 같은 모습. 그녀의 집은 그런 나와 닮아 있었다.

오후 다섯 시, 석양은 바다를 붉게 물들이고 있었다. 그 빛이 완벽한 어둠으로 변하기 전 우리는 그녀의 집 안으로 들어섰다. 멀리 보이는 등대에서 희미하게 불이 반짝였다. 집은 부자들이 모여 산다는 빌라촌에 있었지만 운전기사도 없었고, 집사나 정원사로 보이는 사람도 없었다. 시간제 도우미는 왔다 갔다 하는 것 같았다. 그녀가 서둘러 집으로 돌아온 이유가 고작 도우미를 제시간에 보내기 위해서였다는 생각이 들자 조금은 실망스러웠다. 우리가 집 안으로 들어서자 도우미는 자신이 오늘 할 일은 다했다는 표정을 짓더니 빠르게 인사를 하고는 퇴근해버렸다.

그녀 집 안의 것들을 살피기 시작했다. 입구에 소나무 몇 그루가 버티듯 서 있었고 그 옆으로 붉은 동백꽃이 초록 잎들 사이를 비집고 피어 있다. 마당의 잔디를 걸어 그녀는 나를 별채로 안내했다. 곧장 남편에게 나를 데려가기보다는 별채에 머물게 했다. 당분간은 이곳에서 집안 분위기도 익히고 남편에 대해 알아가는 시간을 갖도록 하자고 했다. 그러니까 나는 남편을 위한 여자였다.

"별채는 딸아이를 위해 지은 곳이에요. 아이는 올해 미국에 있는 대학에 입학했어요. 그 아이가 돌아오려면 적어도 몇 년은 걸릴 테니 걱정하지 말고 편안하게 지내도록 해요."

딸을 위해 준비한 곳이라 그런지 샤워 시설에 주방 시설까지 모두 완벽했다. 냉장고 문을 열자, 내 나이 때 여자들이 좋아할 만한 제철 과일이며 음료수, 간단한 요깃거리들이 준비되어 있었다. 그게 끝이 아니었다. 티비에 최신형 컴퓨터까지. 부족한 게 없었다.

"혼자 지내기에 불편하지 않을 거예요."

그녀는 몸을 바로 세우고 나를 바라보며 말했다.

"남편한테는 이곳에 한동안 나를 돕기 위해 친구 동생이 와 있다고 말했어요. 말동무도 하고 운전도 해주고, 쇼핑도 함께하고. 뭐 대충 이 정도로 일러뒀으니 크게 신경 쓸 일은 없을 거예요."

"네."

나는 짧게 대답했다. 그녀는 본채로 돌아갔다.

별채에 혼자 남겨지자 주변을 살폈다. 천장이 높았고 무엇보다 햇빛이 잘 들도록 지어져 있었다. 거실 창을 통해 바다가 한눈에 들어왔다. 그것도 잠시, 더는 살필 것도 없어져 창에 고개를 처박듯 안채를 바라보았다. 우거진 나뭇가지 사이로 하얀 벽돌이 보일 듯 말 듯 아련하게 다가왔다. 남쪽을 향해 뻗은 나뭇가지 하나만 잘라낸다면 안채가 선명하게 보일 텐데. 무심히 손을 뻗어 나뭇가지를 잡아보려 했지만 차가운 유리벽이 손을 가로막았다.

초저녁인데도 벌써 태양은 어둠에 밀려나 갈 곳을 잃어가고 있었다. 햇살이 검붉게 변해가면서 높던 천장은 낮아 보였고 하얀 페인트칠을 한 집 안 곳곳은 먹물을 흘린 것처럼 차츰 농도를 더해가고 있었다. 햇빛을 가리기 위해 쳐두었던 커튼 사이로 한 점의 날카로운 빛이 새어 들어왔다. 그 빛에 먼지들이 줄을 서서 집 안으로 끝도 없이 들어서는 것을 보다가 침대 끝에 모로 누웠다.

춤추는 먼지들 속에서 언젠가 보았던 만화 속의 난쟁이들이 보였다. 맨 앞에서 춤을 추며 무리를 이끄는 난쟁이를 따라 나도 즐거운 마음에 그들과 함께 춤을 추고 따라 웃었다. 조금 전까지만 해도 어지럽게 춤추던 난쟁이들은 사라지고 주변은 어둠뿐이었다. 어느새 웃음은 울음이 되어 있었다. 얼굴의 차가운 기운에 놀라 번쩍하고 눈을 떴다. 내 눈에는 아직도 눈물이 그대로 맺혀 있었다. 이상한 경험이었다. 소파 옆 벽의 스위치를 올려 불을 켰다.

그녀가 나를 부를 시간이 가까워졌다는 생각에 아랫입술을 말아보기도 하고 두 개의 앞니에 힘을 주어 입술에 자국도 내며 초조한 시간을 보냈다. 그렇게 시간이 얼마나 흘렀을까 그녀는 그 밤 나타나지 않았다. 시간을 가늠하기조차 힘들어진 나는 작은 공간의 답답함에 못 이기고는 밖으로 나와버렸다. 그녀가 부르기 전에 내가 먼저 그녀를 찾아나서 보기로 했다.

현관으로 들어가기 위해 벨을 누를까 하다가 그녀가 움직이는 모습을 베란다 유리를 통해 지켜보았다. 그녀는 마치 영화의 한 장면처럼 우아하고도 뇌쇄적으로 천천히 움직였다. 내 눈에는 그렇게 보였다. 안에 어떤 음악이 흐르고 있는 것이 분명했다. 그렇지 않고서는 식탁 유리잔에 물을 따르는 그녀의 손놀림이, 숟가락을 옮기는 발걸음이 저처럼 아름다워 보일 수는 없다고 생각했다. 춤을 추듯 움직이고 있었다. 그녀의 남편으로 보이는 남자가 식탁 맞은편에 앉아 있었다. 그녀는 그를 위해 식탁을 차리고 있는 중이다. 그녀의 남편은 등을 지고 앉은 탓에 얼굴이 보이지 않았다. 나는 그의 얼굴이 궁금해 고개를 오른쪽으로 돌리고, 왼쪽으로 틀어도 봤다. 그것이 여의치 않자 무릎을 모아 굽혀 눈높이를 맞추어도 보았지만, 그가 입은 옷이 파란 바탕에 보라색 줄무늬가 두 줄 들어간 카디건 정도라는 것 외에는 알 길이 없었다. 그녀의 의도가 뭘까?

그렇게 그녀 집에 살게 된 지도 보름이 지났다. 이렇다 할 일도 없는 무료한 날들의 연속이었다. 그녀가 왜 나를 자기 집으로 데리고 갔는지 궁금해 미칠 지경이었다. 그녀는 그사이 나를 데리고 두 번 외출을 했다. 백화점으로 데리고 가서는 내 처지로는 엄두도 못 낼 비싼 옷들을 주저 없이 사주었다. 그 자리에서 그 옷들로 갈아입게 하고는 뭐가 마음에 안 드는지 백화점을 나올 때에는 꼭 나를 그녀의 두어 걸음 뒤에 떨어져 걷도록 했다. 묘하게 자존심이 상했다.

그녀 남편을 제대로 본 것은 백화점에 다녀온 지 사흘째 되던 날 아침이었다. 그는 잠옷 차림으로 신문을 가지러 나온 듯했다. 그는 맑고 그윽한 눈길을 지니고 있었고, 오십대 초반쯤 돼 보였다. 사업하는 사람으로는 보이지 않았다. 그 이른 아침의 눈빛만 봐도 그가 어떤 사람인지 알 것 같았다. 집이라는 공간이 그런 느낌을 주는지는 몰라도 나를 돈 주고 사는 그런 남자들과는 확실하게 달라 보였다. 그도 한참이나 멍하니 나를 바라보았다. 우리는 다른 극의 자석처럼 끌리고 있었다. 그가 애써 나를 외면했지만, 나는 많은 경험으로 알 수 있었다. 하필 이렇게 마주치다니! 아직 세수도 하지 않은 얼굴에 머리카락은 제멋대로 흐트러져 있었다. 나는 재빠르게 두 손으로 머리를 쓸어내리고는 여자가 백화점에서 사준 하얀 원피스 잠옷의 앞단추를 채우고 노란색 카디건을 끌어당겨 가슴을 감싸 안았다. 그는 뭔가 말하려다가 쑥스러운지 입을 닫았다. 나는 정중하게 고개를 숙였다. 그도 고개를 숙여 보였다. 아내의 친구 여동생이니까.

오후에 그녀가 나를 거실로 불렀다. 그녀가 인사시키기도 전에 그녀 남편과 내가 마주친 것에 대해 계획이 어그러져서 분개하는 눈빛이었다.

"부탁이 있어요."

그녀가 말했다.

"우리 남편 봤죠. 아침에 정원에서……. 둘이 서서 한참을 보고 있던데…… 남편은 내가 지켜보고 있다는 것을 알고 아무 말도 하지 않은 것 같아요."

"무슨 말씀이신지."

"지영 씨는 충분히 젊고 예뻐요. 더는 이렇게 시간만 보내는 건 아무런 의미가 없는 것 같아요."

"……네?"

"내가 건강하지 못해 아내 구실을 제대로 못해요. 그 시간이 벌써 일 년이 넘었어요."

나도 그 정도 눈치는 챘다는 듯이 아무 말도 하지 않았다.

"내 남자를 유혹해줘요. 그리고 그 남자를 당신의 남자로 만들어요."

"……네?"

손을 엉덩이 밑에 깔고 시선을 아래로 깔고 있었다. 대충 눈치는 채고 있었지만 정작 그 말을 들으니 놀라지 않을 수 없었다. 놀라 손을 엉덩이 밑에서 빼내려 하자 패브릭 소파의 금색 실 한 가닥이 손톱 사이로 밀고 들어왔다. 손톱 밑이 간질거렸다.

"아마 그렇게 되면 당신의 미래는 극히 안락하고 행복해질 거예요."

나는 엄지와 검지를 이용해 금색 실을 비틀며 그를 떠올렸다. 이른 아침 신문을 주워 올리는 척하며 나를 바라보던 그 아련한 눈빛. 그래, 그런 눈빛이 그냥 나올 리가 없었다. 그러자 심장이 빠르게 뛰었다. 그녀는 그 순간만큼은 나를 멸시하던 태도를 걷고 조심스럽고 은밀하게 속삭였다.

"이상하게 생각하겠지만, 이 모든 일은 오랫동안 내가 계획했던 일이에요. 오늘 아침 친구 여동생 어때요? 하고 물었더니 인상이 좋다고 했어요. 그러니 이제 거부감 같은 건 걱정 말고 남편과 자주 마주치도록 해봐요."

나는 그녀가 내 속내를 읽을까 봐 두려웠다. 어색해하며 한 번 웃어주고는 서둘러 밖으로 나왔다. 그리고는 천천히 정원 끝 느티나무 밑에 서서 바다를 바라보았다. 멀리서 한 척의 배가 느리게 어딘가로 흘러가고 있었다. 그녀는 어쩌면 오늘부터 내게 약자인 셈이다. 죽어가며 남편을 내게 맡기려면 말이다. 그를 떠올리자 이상하게 남자 경험이 전혀 없던 때처럼 가슴이 뜨거워져 왔다. 나를 거쳐 간 남자들을 떠올려봤다. 그냥 일회용으로 거쳐 간 각양각색의 남자들. 그들은 나를 샀지만 나는 그들에게 당당했다. 그들의 외로움, 슬픔, 고통. 그런 스토리에는 관심 없었다. 적어도 내가 돈값의 뭔가를 주고 있다고 생각했다. 그런데 지금 터질 듯 고동치는 이 이상한 긴장과 흥분은 무엇이란 말인가?

이른 아침이면 나는 무엇에 홀린 듯 그들을 지켜보기에 바빴다. 곧 떠날 여자가 나에게 부탁한 남자의 뒷모습과 그를 위해 밥상을 차리는 여자, 그 모습을 보기 위해 안달이 난 나. 이렇게 셋 말고는 이 집에 아무도 없다. 멀리서 보이는 그들은 행복한 중년 부부 모습 그대로이다. 그녀는 병원에서 육 개월의 시한부 삶을 선고받았지만 수술하지는 않았다. 그 이유가 남편에게 수술 후 초췌한 모습을 보여주느니 만개한 백합처럼 하얗고 순결하게 기억되고 싶어서라고 했다. 오직 한 사람 그녀의 남편을 위해서. 아직 제대로 된 사랑 한 번 못 해본 나로서는 상상도 할 수 없는 감정이다.

그녀는 그녀의 말처럼 집 안에서도 한껏 멋을 냈다. 보라색 시폰 블라우스로 갈아입은 그녀의 목에서 하얀색 진주 목걸이가 움직일 때마다 찰싹찰싹 그녀의 가슴을 두드렸다. 그녀가 아직은 살아 있다고 나에게 대신 말해주기라도 하는 듯이 말이다.

이제 나는 그녀가 살아 움직이는 소리들이 거슬리기 시작했다. 그녀가 움직일 때 나는 사각거리는 치맛자락 소리. 등만 보이는 저 남자와 내가 한 침대에 들어가는 상상을 한다. 그것을 알 턱이 없는 여자는 외출에서 돌아오는 길에 유명 제과점에서 갓 구워낸 쿠키를 사 들고 와서는 따뜻한 홍차를 정성스럽게 끓여놓고 나를 불러 시시때때로 자신의 남편을 하루라도 빨리 기쁘게 해주라고 말한다. 나는 이미 몸과 마음의 준비를 끝냈다. 그를 어떻게 자연스럽게 내 남자로 만들어버릴지를 궁리하며 그날 저녁 나는 또 그 물빛 통유리 앞에 섰다. 남자에게 그녀가 무언가 열심히 말하며 미소 짓기도 하고, 하얗고 가지런한 이를 드러내며 웃기도 한다. 일어나 그 주변을 맴도는 그녀 손에는 먹다가 반쯤 남은 붉은 포도주가 저 혼자 출렁인다. 그들이 움직이는 모습은 사분의 삼박자 왈츠처럼 너무 빠르지도 그렇다고 너무 느리지도 않다. 나는 저 고요를 최대한 빨리 무너뜨리고 싶다.

나는 계획한 대로만 움직이겠다는 그녀와의 약속을 깨고 의도적으로 그와의 만남을 자주 연출했다. 그녀가 백화점에서 사준 빨간 원피스를 입고 우연을 가장해 그 앞에 섰다. 그는 나를 보자 반갑게 인사하며 지내기에 불편함은 없는지 물었다.

"없어요."

나는 최대한 짧게 대답했다. 그도 내 의도를 읽었는지 더는 말하지 않고 눈 가득 웃음을 담아 보냈다. 이층 베란다에서 그녀가 또 내려다보고 있었다.

그날도 어김없이 오후가 되자 그녀가 나를 불렀다.

"어제는 내가 시키지도 않았는데, 왜 남편이 퇴근하는 시간에 마당을 서성거렸죠? 그것도 빨간 원피스까지 챙겨 입고서?"

그녀가 흥분하며 말했다. 하루가 다르게 기력이 소진하는지 힘들어하고 있었다. 나는 겁에 질린 것처럼 행동했다. 그녀를 제대로 바라보지 않은 채 말했다.

"빨리 사장님을 기쁘게 해드리라고 해서……, 제가 나름…… 다시는 그런 일 없을 거예요."

그녀의 표정이 누그러지는 것을 느꼈다.

"내가 지영 씨를 오해했네요. 미안합니다. 그래도 계획은 나만 짭니다. 그 부분은 명심하세요."

얼마 뒤 그녀가 계획을 짰다. 함께 식사를 하며 이런저런 얘기를 하며 친해지자고 했다. 내 입장에서 마다할 이유가 없었다. 그런데 그 계획이라는 것이 한심하게 느껴졌다. 그래서 나도 계획을 짰다. 나는 그녀를 도와 음식을 나르는 척하며 그의 허벅지에 국을 조금 쏟았다. 그는 놀라면서도 연신 괜찮다고 말했다. 그녀가 마른 수건을 가지러 간 사이 나는 그의 다리를 내 치맛자락을 올려 닦아주었다. 그는 손사래를 치는 척하며 내 손을 살며시 잡았다. 그 순간 나는 허벅지 안쪽으로 손을 밀어 넣었다. 그의 몸이 움찔하며 뒤로 물러서는 것이 느껴졌다. 그녀가 서둘러 나타나자 우리는 어쩔 줄 몰라 하는 것처럼 연기했다. 그것도 모르고 그녀는 내게 얼른 그의 바지를 닦지 않고 뭐 하냐고 호통을 쳤다. 나는 그녀가 시키는 대로 이번에는 그의 다리를 정성스레 닦아주었다.

가끔 그녀의 주치의가 다녀갔다. 그럴 때면 그녀는 키홀더 프라다 키링 마리를 내 방 화장대 위에 조용히 올려두고 밖으로 나갔다. 무언의 약속처럼 그때마다 나는 어김없이 키링 마리의 몸통을 있는 힘껏 움켜쥐고 차고로 가서 그녀의 까만 자동차를 조심스럽게 몰고 해안선을 달렸다. 집을 나선 지 두어 시간 후면 의사는 돌아갔다. 그녀의 호흡이 안정되고 혈색이 돌아오는 데 걸리는 시간은 두어 시간이면 족했다. 그러면 나는 다시 그녀의 집으로 돌아갈 수가 있었다. 외출하라는 시간이 길어지자 주치의를 만나보고 싶어졌다. 주치의에게 그녀의 상태가 어떤지, 정말 살날이 얼마나 남았는지 물어보고 싶었다. 일부러 그와 마주치기 위해 깨어진 벽돌 담장 아래 쪼그려 앉아 있어 봤다. 그러나 내가 얻은 것이라고는 대문을 나서는 주치의의 뒷모습을 보는 것이 고작이었다. 주치의의 어깨는 처져 있었고 손에는 검정 가방이 들려있었다. 집 안에서 택시를 부르고 나왔는지 미리 와서 기다리는 택시를 타고 황급히 사라져버렸다. 그녀에 대해 어떤 것도 물어볼 수 없었다. 그녀와 함께 살게 됐을 때 그녀는 자신에 관해서는 그 어떤 것도 묻지 말라며 단단히 못을 박았었다. 지금까지는 그 약속을 잘 지켜왔지만, 언제까지 그 약속을 지킬 수 있을지 잘 모르겠다.

그녀는 끊임없이 계획이라는 것을 짜서 내게 말했다. 그 대부분은 현실적으로 이루어지기 힘들었다. 계획이 허술하고 착해 빠졌다. 그녀는 남자를, 남편을 제대로 알지 못했다. 이제 외출하라는 시간은 반나절까지 길어져 있었다.

"이제 우리 집에 대해서도 모든 걸 알았을 테니, 숨김없이 얘기할게요. 난 이제 얼마 살지 못합니다."

표정만 보아도 그녀가 얼마나 비장한 각오로 나를 대하는지 알 수가 있었다.

"그저 주사 힘으로…… 약으로 명을 이어가지만 당장 오늘밤이라도 나는 명을 놓을지 몰라요. 그런데 난 그냥 떠날 수가 없어요."

그녀의 비장함 앞에 할 말을 잃고 내 속을 드러내 보이지도 못하고 묵묵히 듣고만 있었다.

"난 내 남편이 내가 죽은 다음에도 나를 생각하고 나를 그리워하는 걸 원치 않아요."

길게 숨을 몰아쉬고는 계속 그녀가 말했다.

"보통의 여자들은 떠날 때조차도 남은 남편의 사랑을 갖고 가고 싶어 한다지만 나는 아니에요. 나는 내가 완전히 남편한테서 잊히기를 바래요. 그게 내가 남편을 사랑하는 방식이에요. 그러니까…… 꼭 내 눈으로 그걸 확인하게 해줘요. 내 남편 곁에 내 맘에 드는 여자가 있는 걸 보고 떠나고 싶어요. 이제 시간이 없어요. 더 이상 미루지 말아요. 남편은 틀림없이 지영 씨를 거절하지 못할 거예요."

그녀는 멀리 시선을 한 번 던지고는 다시 말했다.

"지영 씨라면 내 아이도 안심하고 맡길 수 있을 것 같아요."

아이까지 내게 맡긴다는 말에 더는 망설일 필요가 없었다. 그녀로부터 모든 것을 뺏고 싶어졌다. 처음 내가 이 집에 올 때 그녀는 도자기 같은 피부로 나를 기죽였고, 꼿꼿하게 세운 허리의 자신감으로 나를 주눅 들게 했다. 하지만 지금 그녀의 모습은 딴 사람처럼 변해 있었다. 그 탱탱하던 볼살은 눈에 띄게 빠져 옴폭 패여 그녀의 나이보다 스무 살 이상 많아 보였고, 몸은 스스로 지탱할 힘조차 없는지 행거에 널어놓은 빨래처럼 거실 소파에 널브러져 있었다.

그 밤 나는 그녀를 대신해서 부부의 침실로 들어갔다. 그녀는 별채로 와서 내게 온화한 미소를 지으며 본채 쪽으로 손짓을 했다. 빨리 들어가 보라는 뜻이었다. 나는 마지못해 그녀의 뜻을 들어주듯 달팽이처럼 느리게 움직였다. 멀리서 나를 바라보는 그녀의 눈빛이 애절했다. 나는 그런 그녀의 애절한 눈빛에 흔들릴 수 없었다. 방문 손잡이를 잡고 천천히 오른쪽으로 비틀어 나에게 황금 양탄자가 되어줄 미지의 세계에 설렘과 두려움으로 맞섰다. 그러고는 입술을 깨물며 거친 숨을 참아냈다. 옷을 몽땅 벗어버리며 생각했

다. 어쩜 그도 나를 기다리고 있을지 모른다고. 그가 잠들어
있는 침대 속으로 자신 있게 들어갔다. 이불은 솜사탕처럼
부드러웠고 그의 살냄새는 따뜻한 모닥불 같았다. 거친 숨
을 참아내던 나는 이내 그의 모닥불 같은 편안함에 점차 잦
아들었다.

심연을 헤엄치듯 나는 그의 가슴 속으로 파고들었다. 나
인 줄 모르는 그는 잠결에도 조심스럽게 안아주었다. 몰캉
한 내 젖가슴이 그의 딱딱한 가슴 근육에 뭉그러질 때 그는
화들짝 놀라며 나를 밀어내고는 이내 서둘러 불을 켜기 위해
스탠드를 향해 손을 뻗었다. 나는 이 순간을 예견했었다. 스
탠드를 향해 뻗은 그의 손을 붙잡고 말했다.
　"저예요. 별채에 사는 지영이. 저라고요……."
　"……별채 여자, 지영 씨?"
　그는 잠기를 털어내며 새삼스레 내 얼굴을 들여다보았다.
　"아…… 당신이…… 왜?"
　"놀라실 줄 알았어요. 그렇지만 진정하시고 내 말 좀 들어
주세요."
　"당신이 누구든, 이유가 뭐든 그만 나가요. 여긴……"
　그는 비로소 정신이 드는지 고개를 흔들었다.

"사모님이 절 이리로 보냈어요."

"누가? 집사람이? 집사람이 왜?"

"어느 남자가 죽어가는 여자를 안고 싶겠냐고…… 죽어
가는 여자가 무슨 염치로 건강한 남자 옆에 누워 있겠냐고
그러면서 제게 부탁했어요."

"부탁? 무슨 부탁?"

"자기 대신 남편을 위로해주라고……"

"위로해? 뭘 위로해?"

"죽어가는 자기 몸을 대신해줄 여자……"

"미쳤군…… 둘 다 미쳤어…….."

"미쳤다니요. 사모님이 미쳤나요?"

"내가 여자 몸에 환장한 놈도 아니고, 어떻게 그런 생각
을…… 날 겨우 그런 놈으로 봤다니? 죽어가면서 그딴 잡생
각이나 하고……"

"사모님이 저 별채에서 날 기다리고 있어요. 사모님을 위
해 날 안아주세요. 싫어도 사랑하는 아내를 위해서요. 내 몸
을 건강했던 아내 몸이라 생각하시면 되잖아요."

"듣기 싫소. 그만 이 방에서 나가요. 그 미친 생각에 내가
놀아날 것 같소?"

"좋아요. 돌아가겠어요. 대신 사모님에게는 사장님이 날

안았다고 말할 거예요."

"그건 또 무슨 소리요? 왜 그런 거짓말을 해?"

"그래야 사모님 기분이 편안해질 테니까요. 사장님은 윤리적으로 잘못을 저지르지 않고, 사모님은 자신이 원했던 일을 마침내 해치웠다고 안심할 테니까요. 죽어가는 여자의 그릇된 생각을 굳이 탓하지는 않을게요. 내가 좋은 일을 했다고 생각하면 그만이니까요."

"도무지 난 무슨 소린 줄 모르겠군."

"모르긴 뭘 몰라요? 우리 모두에게 좋은 이야기인걸요. 그날 함께 식사하던 때 내 손을 만졌잖아요. 난 적당히 시간을 보내다 돌아가서 사모님 부탁대로 했다고 말하면 되니까 그 시간까지 여기서 머물다 갈 거예요."

"젠장, 손을 만지기는 누가 만졌다고 그래. 아내가 볼까 봐 그만하라는 뜻으로다가……."

"어쨌든 저는 여기서 한참 있다 가야 해요. 우리 할 일도 없는데 술이나 마셔요."

나는 도둑고양이처럼 살금살금 주방으로 가 불도 켜지 않은 채 달빛만으로 와인이며 안주를 대충 챙겨 들고 왔다. 그러고는 그에게도 한 잔을 따라 건넸다.

"아닌 밤중에 홍두깨라더니……."

"흥, 난 어느 정도 자신했는데. 사장님이 날 거절하지 않을 거라 생각했어요. 그러니 이 술은 패배의 쓴 잔이지 뭐예요?"

"당신이 하는 말이 무슨 뜻인지 알 것 같소만 나는 차마 그럴 수가 없구려. 죽어가는 아내를 두고 내가 어찌 그럴 수가 있단 말이오."

그는 와인을 두어 잔 마시자 술기운 때문인지 조금 전보다 다소 누그러진 태도로 진심을 이야기하기 시작했다.

"좋아요. 이제 더 이상 그 이야기는 말아요. 나도 자존심이 있으니 말이에요."

"이렇게 합시다. 이 침대에서 자고 가시오. 나는 저기 소파에서 자겠소. 그리고 내 아내가 묻거든 나를 기쁘게 해주었다고 말하면 되잖소."

"정말, 그게 사장님 진심이세요?"

"이런 마당에 내 진심이 뭐가 그리 중요하단 말이오. 아내만 평안하면 됐지…… 내 몸은 이미 당신을 받아들였소. 정신이 쫓아가질 못해서 그렇지."

그가 커튼 자락을 살며시 밀치고는 별채를 바라보았다. 별채에는 대낮처럼 환하게 불이 켜져 있었다. 나는 잔에 남아 있는 포도주를 단숨에 다 마셔버리고는 한 잔 더 달라는 뜻으로 그에게 잔을 내밀었다. 그는 별채에서 눈을 떼지 못한 채 술을 따라주었다. 불이 환하게 켜져 있는 별채가 무엇을 의미하는지 알고 있었다. 우리는 취하지 않을 수 없었다.

"사장님과 침실에서 술을 나누니 기분이 이상하네요. 아주 노곤하고, 로맨틱한 기분이라고 해야 하나요."

"나도 그렇소. 나도 다른 장소에서 당신을 만났다면, 틀림없이 사랑에 빠지지 않고는 견딜 수 없었을 거요."

그가 혼자 말처럼 중얼거렸다.

"당신은 내 아내를 어떻게 생각하오?"

"그야, 사모님이 평범하지 않다는 건 알아요. 사모님 같은 분은 다시 없을 거예요. 안타까워요. 정말 도울 수 있는 일이라면 도와주고 싶어요."

"그렇소. 아내는 보통 여자가 아니오. 그래서 내가 함부로 처신하지 못하는 겁니다. 나도 내가 어떻게 해야 할지 알 수가 없으니까."

그가 하는 말과 행동이 들리고 보이기나 하는 것처럼 그 순간 별채의 불이 꺼졌다. 나는 그가 세 번째 와인 잔을 채울 때 방을 나와 그녀에게 갔다. 그녀는 별채에서 나를 기다리고 있었다. 내 발소리가 들리자 그녀는 황급히 침대에 몸을 눕히는 것 같았다. 그녀의 숨소리가 짧았다. 그녀는 나를 보자 몸을 반쯤 일으켜 앉았다.

"성공했나요?"

"……."

"성공했냐고요?"

"예."

"예라니?"

"사장님께서는 한사코 거절하셨지만…… 내가 술을 마시게 하고…… 성공시켰어요. 사장님은 취해서……"

"취해서……?"

"취해서 내가 하는 대로 맡기고…… 그다음은 말 안 해도 아시죠?"

그녀는 전혀 기뻐하지 않았다. 그건 의외였다. 그녀는 자신이 듣고 싶은 말이 정작 무엇인지 잘 모르겠다는 표정을 하고 있었다.

"정말이죠?"

"정말이에요. 뭘 의심하세요?"

나는 차갑게 말했다.

"수고했어요. 잘 자요."

그녀는 힘없이 얘기하고는 본채로 가버렸다.

이튿날부터 그녀는 몹시 앓았다. 사흘이 지나도록 일어나지 못했고 그 기간 동안 주치의와 간호사는 오래도록 머물다 갔다. 그는 나를 투명인간처럼 대했다. 나흘째 되던 날 그녀가 나를 부르지 않고 이번에는 별채로 직접 찾아왔다. 전보다 더 초췌한 모습이었다.

"다시 한 번 부탁해요. 이번엔 술을 먹이지 말고 온전한 정신으로다가, 내 말 무슨 뜻인지 알죠."

그날 밤 나는 스스럼없이 그의 방으로 들어갔다. 그가 힐 끗 쳐다보고는 야릇한 미소를 지었다.

"그래요. 다시 왔어요. 사모님이 내 얘기를 믿지 못하는 것 같아요. 그래서 다시 왔다고요."

"그럼 오늘도 술이나 마시다 가구려."

"……술도 좋지만, ……두 분 다 어리석긴 마찬가지라는 생각이 들어요."

"어쩔 수 없잖소."

우리는 그날처럼 와인을 마셨다. 아주 태평스럽게 나는 침대에서, 그는 소파에 앉아 술을 마셨다.

"여기 누워 있으니 내가 사랑하는 남자를 두고 애타게 죽어가는 사모님 같고…… 저쪽 별채에 있는 사모님이 쓸모없이 건강하기만 한 나 같아요. 그리고 여기에 있는 내가 사모님이래도 똑같이 저 별채에 있는 건강한 나에게 이 남자를 안아주라고 부탁할 것 같아요."

"어림없는 소리. 그래도 결과는 바뀌지 않을 거요."

"좋아요. 대신 얘기나 해줘요."

"무슨?"

"살면서 두 분이 행복했던 때요."

"글쎄, 그렇게 물으니……, 늘 행복했던 것 같기도 하고…… 아니면 행복한 척만 했던 것 같기도 하고……."

"참 뻔뻔스런 대답이네요."

"난 내가 행복했다는 사실을 한 번도 의심하지 않았지만, 당신이 거기 누워 날 잡아 잡숴 하고 있으니 내 지난 행복이 갑자기 같잖아지는 것 같기도 하고……."

"지금도 늦지 않았으니 올라오세요."

"어림없는 소리. 그대가 지금 내 앞에 있는 이 순간이 제일 행복한데…… 죽어가는 사람을 두고 내가 이런 호사를 누리다니…… 아내에게 어떻게 얘기할 거요?"

"물론 우리가 함께 갔다고, 성공했다고 말할 거예요."

거기까지 얘기 나누고는 서서히 아무런 저항 없이 술기운에 잠겨 편안하게 잠에 빠져들었다. 시간이 얼마나 흘렀을까? 알 수 없는 캄캄한 어둠 속에서 내 몸이 한없이 부드럽게 녹아들고 있다는 느낌에 눈을 떴을 때, 나는 본능적으로 내 옆에 남자가 누워 있다는 사실을 알았다. 남자의 팔이 내 허리에 길게 뻗어 있었다. 남자의 몸은 따뜻했다. 내 몸 또한 한없이 부드럽고 평화로웠다. 내가 그의 가슴에 천천히 입술을 가져갔을 때 남자도 잠을 깼다.

"깼소?"

"깼어요. 누가 깨운 것처럼."

우리는 알맞게 따뜻했다. 말없이 묵묵히, 누군가를 대신하는 것처럼 처음에는 가볍게 입술을 포개고 다음에는 뜨겁게 서로의 몸을 탐닉했다. 익숙했던 행위를, 서투르게, 또 때로는 낯설게 치러 나갔다. 그리고 이른 새벽, 잔디에 맺힌 이슬을 밟으며 나는 별채로 건너갔다. 불은 꺼져 있었지만 희미한 여명 속에 소파에 누워 있던 그녀가 나를 보자 숨을 가쁘게 몰아쉬며 물었다.

"어땠어요?"

"솔직히 말할게요. 사장님은 지난번에도, 이번에도 내 유혹에 넘어가지 않았어요. 그리고 거짓말해주길 내게 부탁까지 했어요. 나는 더는 두 분 사이에서 줄타기는 그만할래요. 내일 아침 일찍 이 집을 떠나겠어요."

"……"

"사장님은 내게 침대를 내어주고는 술만 마시다가 곯아

떨어졌어요. 사모님에게는 둘이 즐거운 시간을 보냈다고, 사모님이 원하는 대로 대답하면 되지 않느냐고 말했어요. 어서 가보세요. 사장님이 깊이 잠들어 내일 아침까지 깨어나기 힘들 거 같으니 지금 가셔도 모르실 거예요."

그녀의 얼굴이 그 짧은 순간 다시 도자기처럼 빛났다. 다음 날 그녀는 그의 품에서 편하게 잠들어 다시는 눈을 뜨지 못했다.

그녀를 보내고 사흘 만에 그가 집으로 돌아왔다. 그 소리에 나는 기쁜 마음으로 별채에서 안채까지 한달음에 달려갔다. 나는 롱드레스를 입고 그녀처럼 우아하게 천천히 걸었다. 치맛자락이 자꾸만 다리에 감겨왔다. 나는 꼬인 치맛자락을 그가 돌아보기 전에 보기 좋게 폈다. 그리고는 그가 돌아봐 주길 기다렸다. 그것을 알지 못하는 그는 창밖 바다만 하염없이 바라보고 있었다. 소파 테이블 위에 그녀의 주치의가 올 때마다 내게 주던 프라다 키링 마리가 놓여 있었다. 사각사각 치맛자락 소리를 내며 그의 곁으로 다가갔다. 나를 발견하고는 그가 프라다 키링 마리를 집어 들고는 유리창을 향해 힘껏 던졌다. 거실 유리가 파열음과 함께 무너져 내렸다. 악하고 소리를 지르는 나와 달리 그는 침착하게 나를 한번 쏘아보고는 말했다. 이 키홀더는 리미티드에디션으로 아내와 내가 결혼 20주년을 기념해 이니셜을 새겨 넣었었지.
내가 지난 봄 콜걸에게 다시 만나자며 증표로 준 것인데, 어
떻게 아내의 유품이 되어 내게 돌아왔을까?

기찻길

'부아앙 부아앙…….' 웅장한 쇠바퀴 소리를 내면서 기차는 머리를 흔들며 달려온다. 그에 딸린 거대한 몸통이가 몸에 부치는지 쓰러질 듯 아슬하게 또 때로는 웅장한 위험을 과시하듯 지축을 흔든다. 그 소리에 철길 옆에 얌전히 누워 있던 바다가 꿈틀거리며 몸을 뒤척인다. 저 멀리 자욱하게 바다를 덮은 안개 속에서 끊임없이 파도가 허연 이빨을 드러내며 몰려온다. 기차는 번들거리는 철길의 강철빛 선로를 가로지르며 안개를 헤치고 달린다. 안개 저편 어스름한 곳에 작은 역사의 불빛과 붉은 깃발을 든 늙은 남자의 모습이 보인다. 기차는 머리를 흔들고 몸을 비틀며 역사와 남자를 향해 정다운 기적 소리를 내지른다. 철길 옆의 나뭇잎들이 파르르 소리를 내며 이슬을 털어낸다. 헬멧을 쓴 늙은 남자의 깊은 눈이 어둠 속에 번쩍하고 빛난다. 늙은 남자는 깃발을

힘껏 흔든다. 기차는 늙은 남자의 깃발에 답하듯 굉음을 힘
껏 내지르고 늙은 남자의 옷자락을 펄럭이게 하면서 힘찬 숨
길을 쏟아내고 그의 곁을 지나쳐 간다.

　나는 꿈에서 빠져나와 한참이나 그대로 누워 있다. 내 몸
속에 알 수 없는 어떤 무게가 잠자는 동안 쌓인 것처럼 꼼짝
할 수 없었다. 요즘 왜 이런 꿈을 자주 꿀까? 무엇이 나를 자
꾸 그 기적 소리 나는 시절로 돌아가게 하는 걸까? 나는 물
에 풀어지듯 서서히 몸이 풀어지기를 기다리며 그대로 누워
있다. 이마 위에 고인 진땀이 천천히 말라가는 서늘한 기운
을 느끼며 내 속에 쌓인 무게가 함께 사라지기를 기다린다.
무거운 몸을 천천히 일으킨다. 옆에 아내는 없다. 이불은 둥
그렇게 부풀어 있다. 나는 서서히 몸을 일으켜 빈방으로 들
어갔다. 이사 왔을 때 그 방만은 주인이 없다는 핑계로 도배
조차 하지 않았다. 벽지는 푸른색 그대로였다. 주인 없는 방
에는 낡은 책상과 옷장이 하나씩 자리하고 있다. 책상은 학
창 시절 내가 쓰던 것이다. 아내는 오래되어 낡을 대로 낡은
책상을 버리지 못하고 이사할 때마다 끌고 다녔다. 나는 구
질구질하다며 아내에게 핀잔을 주었다. 시간이 지나자 책상
을 볼 때면 책상에 얽힌 추억이라든가 옛 기억들이 스멀스멀
올라오는 것이 그런대로 괜찮았다. 옷장 또한 아내가 결혼

전 쓰던 것을 가져온 것이다.

나는 책상 위쪽 벽에 걸려 있는 사진을 보았다. 아내와 딸과 함께 찍은 가족사진 옆에 돌아가신 부모님 사진이 있었다. 사진 속 두 분은 쉰이 조금 지난 것 같다. 어머니는 한복을 입고 안락의자에 앉아 있고 아버지는 그 옆에 근엄하게 서 있다. 아마 어느 명절 무렵에 찍은 사진 같다. 지금의 내 나이보다 두 분은 조금 더 나이가 들었다. 오래도록 그 자리에 걸려 있었지만 오랜만에 들여다보니 새삼스러웠다. 서랍 속에 넣어두었던 사진첩이 생각났다. 손바닥 두 개를 합쳐 놓은 것만 한 크기였다. 아내가 아침을 먹으라고 부르지 않았다면 언제까지고 그렇게 서 있었을지 모를 일이었다. 나는 사진첩을 들고 나와 서류 가방에 넣었다.

점심시간이 되자 지점장은 외근을 서둘렀다. 그와 나는 한 차에 올라탔다. 출발하기 전 나는 뭔가 불안한 기운에 휩싸여 운전만은 내가 하겠다고 고집했다. 그는 나를 한사코 만류하며 그런 형식적인 일은 회사 안에서나 차리라며 운전석에 앉았다.

지점장은 시동도 켜지 않은 채 조금 과장된 목소리로 말했다. 처음 나를 보험회사에 입사시킬 때 자신은 내 외모가 언젠가는 빛을 볼 날이 올 것이라고 예감했다는 것이다. 큰 키에 눈은 깊고, 코는 오똑하고, 다물고만 있어도 미소 짓듯 슬쩍 올라간 입꼬리까지. 보험 업종에선 더없이 좋은 자산이 라고 말했다. 나는 어색한 미소만 지었다.

시동이 켜지고 자동차가 서서히 출발했다. 차는 내부순 환도로를 타는가 싶더니 빠르게 도시 고속도로에 진입했다. 더 이상 차 안에서는 어떤 말도 오고 가지 않았다. 나의 불 안한 속내와는 다르게 자동차는 시원스레 터널을 빠져나갔 다. 철길 건널목에서 신호에 걸렸을 때 지점장이 다시 입을 열었다.

"명호야, 이번 일 잘 마무리하자. 너는 오늘 맛있게 밥만 먹으면 된다."

지점장이 내 이름을 부르면서까지 친분을 내세우는 것은 이번 계약만큼은 꼭 성사시키고 싶어서일 것이다. 나도 그 못지않게 일이 잘되기를 바라고 있었다.

아줌마들을 부추겨 보험 상품을 팔도록 아침마다 목에 핏대를 세우는 일이 내가 하는 일 전부라 해도 과언이 아니 다. 올 상반기가 지나도록 내가 맡은 센터는 일등은 고사하 고 줄곧 꼴찌만 도맡는 바람에 꼴찌 하면 떠오르는 대명사 가 되어버렸다.

"장 센터장, 너 자꾸 이렇게 난처하게 할래?"

보다 못한 지점장이 노골적으로 감정을 드러냈다. 그는 내 대학 선배였다. 나는 지점장이 하는 말이 무슨 뜻인지 잘 알았다. 설계사이던 내가 편안하게 월급을 받을 수 있도록 억지로 센터장 자리에 앉혔는데 면목이 안 선다는 것이다. 그리고 그는 마침내 꼴찌라는 불명예를 단숨에 뛰어넘을 고객을 오늘 소개하겠다고 나선 것이다. 나는 어떻게든 그 고객을 서류에 서명하도록 만들어야 한다.

우리가 약속 장소인 옛 송정역 기찻길 건너 횟집에 도착했을 때는 점심시간이 거의 끝나가고 있었다. 식당은 아직 식사를 끝내지 못한 손님들로 북적였지만 다행히 세 사람 정도가 앉을 만한 테이블이 비어 있었고, 우리가 막 앉으려고 하는 순간에 고객이라는 여자도 도착했다. 지점장은 그 여자와 반갑게 악수를 나누며 나를 그녀에게 소개했다. 지점장은 그 여자를 배 사장이라고 부르고 선박 수리를 전문으로 하는 회사 사장이라고 소개했다. 그녀가 부모로부터 물려받은 성씨가 배라서인지, 배에 소쿠리 하나 뒤집어놓은 것처럼 툭 하고 배가 튀어나와 배 씨이든지 간에 그녀에게 배라는 성씨는 잘 어울렸다.

우리가 자리에 앉자 오른쪽에서 식사를 하던 사람들이

식사를 끝냈는지 일어나 밖으로 나갔다. 왼쪽에는 남자 네 명이 앉아 있었다. 그들도 우리처럼 늦은 점심을 먹으러 왔는지 테이블 위에는 물잔만 놓여 있었다. 하나둘 식당 안 사람들이 빠져나가기 시작했다. 우리 테이블에도 물잔 세 개가 놓였다. 주변을 살펴보니 이제 식당 안에는 왼쪽에 앉아 있는 남자들과 우리만 남았다. 멀리서 본다면 죽 늘어선 테이블에 앉은 우리 모두가 일행처럼 보일 수도 있겠다 싶었다.

"지점장님 말씀대로 센터장님 인상이 좋으시네요. 요번에 계약하려는 보험 상품이 내겐 중요한 의미가 담긴 것이니 잘 안내해주셨으면 합니다."

배 사장이 미소를 띠며 나만 바라보며 말했다. 나는 정중하게 고개를 숙였다.

"분부만 하십시오, 뭐든 하겠습니다."

내가 말하자 배 사장은 다시 환하게 웃었고, 지점장은 미리 짜놓은 각본대로 말을 이어나갔다.

"회의가 있어서 저는 그만 일어나야 되겠습니다. 두 분이 즐겁게 식사하시고 잘 의논해주시기 바랍니다. 따로 제가 배 사장님을 한번 모시겠습니다. 그럼 바빠서 이만."

지점장이 나가버리자 잠시 침묵이 찾아왔다. 배 사장은 둘만 남자 슬쩍슬쩍 나를 훑어보았다. 나는 어떻게든 그녀에

게 환심을 사서 꼭 계약을 성사시켜야 한다는 압박감에 사
로잡혀 있었다. 나는 그런 그녀가 부담스러워 자꾸만 옆 테
이블로 시선을 옮겼다. 옆쪽에 앉은 일행은 모두 종이 뭉치
하나씩을 두고 있었다. 회의에 참석하고 오는 길인 것 같았
다. 그들은 검게 그을린 얼굴에 편안한 점퍼 차림이었다. 리
더로 보이는 한 사람만이 양복을 입고 기름을 발라 곱게 빗
어 넘긴 머리를 하고 있었다.

주문한 음식들이 한 상 가득 차려졌다. 지점장의 말대로
일단 오늘은 맛있게 밥을 먹는 일에 집중해야겠다고 생각
했다.

"우리 회사가 그동안 중소 선박만 수리해오다가 이번에
상선급 배의 수리를 수주받았지요."

"아, 예, 기쁘시겠습니다."

상선급 수리를 한다면 도대체 얼마짜리 보험 상품을 권
하는 것이 좋을지 빨리 계산이 되질 않았다.

"이제 수리업은 한시름 놓은 것 같고, 내가 없어도 잘 굴
러갈 정도라서 다른 업종에 한번 투자를 해볼까도 구상 중입
니다."

"예, 그러시군요. 축하드립니다."

"나중에 송정 주변을 한번 돌아볼 생각이에요. 송정이 앞

으로 해운대 못지않게 크게 발전하리라 보거든요."

"아, 예."

나는 얼른 대꾸했다. 새로운 사업 계획은 어떤 종류일까? 내가 조금이라도 알고 있는 종류의 사업이라면 도움이 될 것이고 그렇다면 생각보다 빨리 계약서에 사인을 받을 수도 있을 텐데. 혼자 머릿속이 복잡해지고 있었다.

그녀는 음식들을 음미하며 천천히 먹기 시작했다. 나는 음식 맛도 느끼지 못한 채 그녀를 따라 뱃속에 담기에 급급했다. 맛있게 밥만 먹는 일이 이처럼 힘든 일이 될 줄은 몰랐다. 옆에 바짝 붙어 앉은 사람들이 거슬렸다. 그들만 없다면 나는 그녀가 호감을 느낄 만한 질문을 몇 가지 한 뒤 그다음은 무조건 칭찬 일색으로 밀고 나갈 계획이었다.

상선급이라면 얼마나 큰 배를 말하는 건가요? 하고 내가 물었으나 그 말이 그녀에게 전해지기도 전에 옆에서 소음이 터져 나왔다. 옆에 있는 일행들은 뭔가 소곤거리듯 말하다가도 어느 순간 갑자기 목소리를 높였다. 그녀는 내 말이 들리지 않는지 아니면 그들 때문에 대화가 어렵겠다고 생각했는지 먹는 일에만 열중했다. 나는 젓가락으로 밥알 몇 개만을 집어 입에 넣고 옆의 일행들이 조용해지기를 기다리며 오래오래 씹었다. 밥알에서 단맛이 느껴질 때쯤 그들은 조용해졌다. 나는 이번에는 다른 질문을 했다.

"구체적으로 어떤 사업을 계획하시는지 궁금하네요."

이번에는 배 사장에게 내 말이 전달된 듯했다. 배 사장은 수저를 계속 놀리며 말이 없었다. 내가 후회와 무안을 느낄 때쯤 배 사장이 문득 말했다.

"부동산, 호텔, 모텔, 뭐 그런 거. 그동안 녹슨 쇳가루 터는 일만 했더니 내 몸도 녹슨 것 같아서요. 좀 한가한 쪽의 사업을……."

그녀는 남자처럼 입맵시를 커다랗게 하고 웃었다.

"그렇다면 이곳이 적지네요. 해운대며 송정 쪽, 혹은 기장 쪽이 앞으로 그런 사업이 번창할 게 틀림없거든요. 착안이 좋으신 것 같습니다."

"그래요. 장 센터장도 좋은 아이디어 있으면 언제든지 내게 알려줘요. 지점장 얘기를 들으니까 이쪽이 장 센터장 고향이라고 하던데……."

"예, 어릴 때 여기서 자랐지요. 그래서 이곳 일대는 구석구석 아는 편입니다."

"그러니까 내가 사람 하나 제대로 골랐네."

"저도 행운이지요. 앞으로 열심히 모시겠습니다."

"그래요. 어쩐지 앞으로 사업이 잘될 것 같은 예감이 들어요. 장 센터장 일에 내가 도울 일 있으면 손닿는 대로 돕도록 하죠."

"감사합니다. 제 사업처럼 살펴보겠습니다."

"호호호…… 참 성격도 서글서글하네. 좋아요. 좋아."

"앞으로 누님이라 생각하고……."

"너무 나가는 것 아냐? 호호. 하여튼 좋아. 어려울 거 뭐 있어? 그래요, 누님, 호호."

"그런 의미에서 건배하겠습니다. 건배."

그때 옆에서 또 큰 소음이 일었다. 귀찮고 짜증나는 일행들이었다. 나는 그들을 둘러봤다. 피를 빨기 위해 마지막 힘을 내는 모기처럼 점점 더 크게 윙윙거렸다. 그들 중의 한 사람이 말했다.

"우리가 지금까지 말만 청년회였지 번듯하게 한 일이 뭐가 있어요? 오늘 사단법인 등록도 마쳤겠다, 우리도 이제 법의 보호 아래 법적인 권리를 행사할 수 있단 말입니다. 이번 일로 나선 시민단체만 내가 알기로 스물댓 개가 넘어요. 내일 오후에도 그다음 날에도 각기 다른 시민단체들이 매일같이 몰려온다고 하니 우리도 대책을 세워놔야 하지 않겠어요."

"회장님, 그런데 왜 그들은 한꺼번에 오지 않고 다들 자기들 맘대로 오간대요? 우리도 생업이 있는데 매일 그들만 상대하고 있을 수만은 없잖아요."

그들 중 나이가 제일 어려 보이는 사람이 말했다. 그도 나보다는 열 살 이상은 많은 오십 대로 보였다. 나는 그들이 하는 얘기가 듣기 싫었다. 조용하던 식당 안이 온통 그들의 소리로 울리고 있었다. 그들은 시끄럽고 어딘지 무식하게까지 보였다.

"자네는 그것도 몰라? 다들 자기들하고 손잡고 일하자고 그러는 거 아닌가. 정말 순수한 시민단체들도 있지만 그것은 극히 일부고. 우리가 그런 사람들을 어떻게, 무슨 수로 가려낼 수가 있냐고, 그리고 그들이 어떤 사람들인데 그런 계산도 없이 움직일까. 선거가 코앞인데 다들 자기들이 먼저 고지를 점령하려는 뻔한 속셈들이지. 그들이 올 때 자기들끼리 오는 거 봤어? 정치하는 사람 누구라도 하나 끼어 오던지 그것도 아니면 어느 청에 누구입네 하는 명함이라도 하나씩은 들고 오잖아. 내가 받은 명함만도 몇 갠 줄 모른다니까."

회장 옆에 앉은 나이가 지긋해 보이는 이도 한마디 거들었다.

"기찻길을 왜 시민의 품으로 돌려달라고 그러는지 잘 모르겠구먼. 기찻길이 그곳에 자리한 지는 무배차 간격으로 처음 기차가 다닐 때부터니까 80년 세월이야. 철길 주변에 살면서 감수한 불편은 어쩌고 이제 와서 저 난리들이야? 철길이 개발이 되든 안 되든 철길은 송정 주민의 품으로 돌려줘야지. 안 그런가 회장?"

"예, 맞는 말씀입니다. 그러니까 우리가 지금이라도 나서는 거 아니겠어요. 멀리서 기찻길 걷는다고 얼마나 오겠어요. 지금이야 방송 좀 타고 하니까 찾아오는 거고요. 요즘은 그 기찻길 주변 입찰인가 뭔가 하고 나서부터는 방송사에 연락해도 코빼기도 안 비친다니까요."

"왜 그런가?"

"왜는요, 어르신. 방송사들 중 한 곳만 빼고 입찰에 성공했는데, 상업적으로 발전시켜 한몫씩들 챙기겠다는 거지요."

"그럼 우리는요. 우리는 저 모텔촌 오폐수 처리해달라, 40년 넘은 보도블록 교체해달라, 그렇게 이 종이 쪼가리에 적은 건 어찌 되냐구요?"

"자네는 또 순진하게 그 소리인가. 그것은 그냥 포장지에 불과한 얘기지. 기찻길 주변이 어떻게 변하든 우리가 그 노른자를 차지하자고 이러는 거 아닌가. 철길에 난 개구멍으로 드나드는 것도 이제 그만하고 싶네. 철길 때문에 내 집을 눈앞에 두고도 개구멍 아니면 먼 길을 돌아다닌 것도 억울한데, 기차가 안 다니는 이상 더는 그 짓 못 하네. 그러니까 자네도 생업 소리 그만하고 부지런히 우리 뒤를 쫓아다니게나. 누가 아는가, 자네 집 앞으로 개구멍 대신 길이날지. 그럼 자네는 그곳에 편의점이나 뭐 그 비슷한 가게하나쯤 차리라고. 그리고 입찰 팀이 들어오면 쇼핑몰을 짓는다는 소문도 있네. 그땐 우리가 쇼핑몰에 일 순위로 안착해야 하지 않겠나? 그러기 위해 오늘도 우리가 한데 모인거고.”

그들은 이른바 동해남부선이 복선화되면서 기존 철로를폐쇄한 데 따른 얘기를 하고 있었다. 그중에서도 해운대와송정 사이에 폐쇄된 기찻길을 두고 상업지로 개발하느냐, 시민들을 위한 산책로로 보존하느냐에 대해 말하고 있었다.

어느덧 배 사장과 나는 그들이 하는 이야기에 귀를 기울이고 있었다. 배 사장으로선 새로운 사업 구상과 관계가 있으니까 당연한 것이고 나는 이곳에서 보낸 유년 시절이 떠올라서였다. 이곳은 내가 태어나 열일곱 살까지 살던 곳이었다. 이 식당 또한 우리 가족이 야반도주하기 전까지 어머니가 운영하던 곳으로 상호 또한 어릴 적 그대로 ‘바다가 보이는 횟집’이었다. 나도 이곳 기찻길이 폐선되었다는 소식과 폐선 부지 활용에 대한 뉴스를 모르는 바 아니었다. 그래서 그런지 배 사장과의 업무적인 일보다는 자꾸만 그들 얘기에 빠져들고 있었던 것이다. 그들의 이야기는 끝이 없었다. 식사는 뒷전이고 한 사람이 무슨 말을 하면 금방 그 얘기에 토를 다는 식이었다. 그러는 중에 배 사장과 나의 식사도 그럭저럭 끝나고 있었다.

"자리를 옮겨 차를 마시는 게 어떻겠습니까?"

나는 배 사장에게 말했다.

"아뇨, 오늘은 내가 좀 바빠서……."

그녀는 좀 전 말한 대로 송정 주변을 한번 들렀다가 나를 가는 곳까지 바래다주겠다고 했다. 나는 괜히 초조해졌다. 계산을 하고 밖으로 나오자 그녀는 주차해두었던 차에 앉아 시동을 걸고는 아직도 식당 앞에서 웅성거리며 그곳을 떠나지 않은 그들에게서 눈을 떼지 못하고 있었다. 아쉽게도 오늘은 제대로 된 얘기도 못 하고 정말 밥만 먹고 헤어지게 되었다. 내 속은 까맣게 타들어가고 있었다. 그녀는 송정 지역을 잘 아는지 능숙하게 차를 몰았다. 골목을 빠져나와 잠시 차를 세우더니 송정천을 가리키며 한마디 했다.

"저것 봐요. 주변이 온통 쓰레기 천지예요. 예전에는 고기 떼가 뛰놀던 곳인데……."

나는 내가 알고 있는 대로 무언가를 대답해야 하나 잠시 머뭇거렸다. 하지만 그녀가 내 대답을 듣기 위해 질문을 한 것이 아니라는 것을 금방 알 수 있었다.

"저 모텔들 봐요. 우연히 밤에 이곳을 지나다 보니, 불야성처럼 빛나는데 눈을 뗄 수 없더라고요."

그녀의 목소리가 밝았다.

"모텔들이 이 마을에 들어서기 시작한 지 얼마나 됐는지 알아요? 적어도 이십 년은 넘었을 거예요. 이십여 년 전에 모텔들이 하나둘 생겨나다가 지금은 해운대 못지않은 새로운 도시가 하나 뻗어가고 있는 거예요. 그것도 아주 겁나게 빠르게."

그녀는 내 지난날을 아는 것처럼 '바다가 보이는 횟집'에서 밥을 먹고 이제는 우리 집이 있던 자리에 들어선 모텔 앞에서 차를 멈추었다. 아버지와 어머니를 떠올리지 않을 수 없었다.

"오늘은 아버지가 낮근무 하는 날이다. 퇴근길에 술집으로 가기 전에 모시고 올 테니, 너는 집에 있다가 아버지와 길이 엇갈리거든 지체 말고 철길 주변으로 달려와 엄마에게 알려야 한다. 알겠지?"

"예, 엄마, 걱정 말고 다녀오세요."

나는 머리를 공책에 처박고 구구단을 외우며 적어 내려

가고 있었다. 엉덩이를 까치마냥 치켜들고 숙제를 하다가도, 동네 어귀에서 친구들과 모여 딱지치기나 구슬 놀이를 하다가도, 어머니의 말에는 벌떡 일어나 어머니를 안심시켰다. 나는 늘 어머니와 한편이었다. 어린 내 눈에도 살기 위해 애쓰는 엄마가 안쓰러워 보였기 때문이다. 밤근무 때는 밤대로 어머니까지 제대로 잠도 못 자고 아버지를 건널목에서 기다렸다. 아버지는 건널목 주변을 이용해 요리조리 잘도 도망 다니며 술을 먹었다.

그럴 때면 어머니는 망부석처럼 기찻길에서 바다만 바라보다 집으로 돌아와야 했다. 그러면서도 어머니는 고되고 외로운 역무원 일이 아버지로 하여금 자꾸만 술을 마시게 한다며 한탄했다.

아버지는 사람 두어 명 겨우 앉을 수 있는 공간에서 기차가 지나가기만을 기다렸다. 무전을 받으면 밖으로 나와 차단기를 내리고 모든 것을 정지시켰다. 아버지의 붉은 깃발만이 기차가 곧 이곳을 통과할 것이라는 걸 알려줬다. 시끄럽고 요란하게 돌아가던 세상이 아버지의 수신호에 일제히 조용해졌다. 달리던 버스도 택시도, 심지어는 자전거나 걷던 사람들까지도. 멀리서 희미하게 기차 달려오는 소리가 들려오는가 싶으면 삽시간에 기차는 쌩하고 건널목을 통과해버렸다. 그러면 아버지는 파란 깃발을 흔들며 차단기를 올려줬다. 그 짧은 순간의 고요와 적막이 깨어졌다. 지켜보는 나는 숨조차 맘대로 쉬어지지 않았다. 아버지의 수신호에 세상이 요란해질 때 나는 안도하며 휴 하고 숨을 뱉어냈다. 나는 하굣길에 가끔 그런 아버지를 몰래 훔쳐보기도 했다. 혹여 아버지는 친구들에게 내가 깃발쟁이 아들이라고 놀림이라도 당하지나 않을까 하는 마음에 나를 그곳에는 얼씬도 하지 못하게 했다. 갑자기 가세가 기울어져 우리 가족이 그곳을 떠났지만 마음 한 구석에는 늘 기찻길이 내 심장을 관통하고 있었다.

어머니가 서서 아버지를 기다리던 곳은 공터였다. 낮이고 밤이고 한곳에서 아버지를 기다리던 어머니는 그곳에서 바라보는 바다가 편안하게 보였다고 했다. 어머니는 나를 중학교에 보내기 위해 모아둔 돈으로 공터를 헐값에 사서 횟집을 열었다. 어머니는 돈이 모자라 가게의 벽도 세우지도 못했다. 검붉은 포장에 커다랗게 '바다가 보이는 횟집'이라고 간판 대신 적어 넣었다.

배 사장은 이번에도 내 대답 따위는 신경 쓰지 않았다. 그녀는 주위를 둘러보더니 천천히 차를 출발시켰다.

그녀는 결국 나를 사무실까지 태워주었다. 오후 도로는

한산했다. 그녀가 운전하는 차는 쏜살처럼 내게서 멀어져 갔다. 나는 그제야 다음 약속을 잡지 않았다는 사실을 깨달았다. 사무실에 올라가면 지점장이 나를 기다리고 있을 것을 생각하자 갑자기 아득해졌다.

지점장이 나를 찾기 전에 서둘러 회사를 빠져나왔다. 불안한 마음에 바로 집으로 들어가지도 못하고 커피숍에 앉아 고객 명단을 뒤적여 여기저기 전화를 했다. 그들은 나보다 더 앓는 소리를 했다. 결국 나는 그들 하소연만 듣고 전화를 끊었다. 집 근처에서 소주를 시켜 마셨다. 술을 마시는 내내 술잔 가득 성난 지점장 얼굴과 모텔을 바라보며 알 수 없는 표정을 짓던 배 사장이 번갈아 떠다녔다. 다 차려놓은 밥상의 밥도 제대로 먹지 못하냐고 자꾸만 지점장이 책망하는 것 같아 더 이상 술도 마시지 못하고 집으로 향했다.

집에 도착했을 때 아내는 12시 마감 뉴스를 틀어놓은 채 졸고 있었다. 조용히 대문을 열고 현관으로 들어섰다. 아내가 깨어나지 않도록 조심하며 거실 텔레비전을 끄기 위해 리모컨을 집었다. 텔레비전에는 대학 때 사회학을 가르치던 여교수가 나와 해운대와 송정역 주변 4킬로미터에 달하는 기찻길 보존에 관해 인터뷰하고 있었다. 그녀 주변을 여러 명의 사람들이 병풍처럼 감싸고 있었다. 그중에 낯익은 이도 있었는데, 누구인지 기억해내기도 전에 뉴스는 다음 뉴스로 넘어가 버렸다. 낯익어 보이는 그가 머리에 맴돌았다. 여교수는 우리에게 강의하던 이십여 년 전과 달라진 게 있다면 머리카락이 백발이 되었다는 것이다. 그녀의 눈매는 이십 년 전처럼 살아 빛나고 있었다.

기찻길을 지켜내기 위해 싸우는 그들을 보자 피라미드를 지키는 파라오와 스핑크스가 생각났다. 어쩜 그들은 기찻길을 지켜내기 위한 전령들일까. 거기까지 생각했을 때 기억의 잔상을 따라 한참을 헤매던 나는 겨우 그를 기억해냈다. 역장의 아들. 나와 같은 나이로 한때는 둘도 없던 친구였던 김진성이었다.

나는 새벽 첫 기차가 하늘을 향해 하얀 연기를 뿜으며 달릴 때 태어나, 기찻길에 부딪히는 쇳소리를 자장가처럼 들으며 자라났다. 내 부모가 어떻게 그곳에 둥지를 틀었는지 정확한 이야기를 들은 적은 없다. 아버지의 아버지 때부터 우리는 그곳에 살고 있었으니까. 기찻길 바로 앞 초등학교에서 공부하고 학교를 마치면 친구들과 함께 철로를 따라 집으로 오곤 했다.

"명호야, 등대 보이는 곳까지 달리기 시합이다."

언제나처럼 진성이 말하고는 앞서 달렸다. 나는 그에게 지지 않으려고 안간힘을 쓰며 지름길인 철길로 들어가 뛰었다. 등에 메고 있는 가방이 무거워 진성을 이길 수가 없다고 생각한 나는 달리면서 가방을 획하고 향나무 밑으로 던졌다. 몸이 가벼워진 나는 발에 모터라도 단 것처럼 앞서 달리다가도 점점 가까워 오는 기차 소리에 놀라 몸을 웅크리고는 기차가 지나가기를 기다렸다. 나와는 달리 진성은 멈추지 않고 계속 달려 등대 보이는 곳에 먼저 도착해 나를 보고 웃고 있었다. 다시 가방을 주우러 가면서 내가 물었다.

"진성아, 기차가 우릴 향해 달려오는데 무섭지 않아?"

"무섭긴, 등대 있는 곳까지 달리면 기차 바람과 해풍을 만나 얼마나 시원한데, 그 바람이 가랑이를 타고 팬티 안으로 훅하고 들어오면 고추까지 서늘해지는걸."

"정말이야?"

"그럼 인마, 내가 거짓말하는 거 봤어? 기차 소리가 멀리서 들리기 시작하면 나는 힘이 나 더 빨리 달린다. 기차가 나보다 등대 있는 곳까지 먼저 가면 안 되잖아. 그래서 멈추지도 못하고 달리는 거다. 다음에는 너도 끝까지 달리는 거다."

나는 고개를 끄덕였지만 기차가 지날 때 한 번도 등대까지 달리지 못했다.

일찍 출근한 나는 아무도 없는 사무실을 둘러보았다. 처음 보험회사에 입사하던 때가 떠올랐다. 사람들은 나의 외모에만 집중했다. 저 정도로 미끈한 남자가 사인해달라고 하면 누가 거절하겠냐며 주변에서는 나를 추켜세우기 바빴다. 나는 사람들이 나를 바라보는 시선이 불편하고 싫었다. 내 적성 따위는 신경 쓰지 않은 선택이었다. 그 무렵 아내는 만삭의 몸으로 옷가게 점원으로 일을 하고 있었다. 고시를 보겠다며 보낸 몇 년의 백수 생활에 몸도 마음도 지칠 대로 지쳐 있었다. 임신한 아내의 배가 자꾸만 떠올랐다. 그때 나는 그들이 뭐라 말하든 돈만 벌 수 있다면 무슨 일이든 할 각오가 되어 있었다.

더 이상 여러 사람에게 폐를 끼치느니 사표를 내라는 울림이 가슴 깊은 곳에서부터 나를 괴롭혔다. 오래전 써두었던 사표를 서류가방에서 꺼내었다. 어제 아침 서류가방에 던져 넣었던 사진첩에 사표가 끼어 있었다. 사진첩에서 사표를 억지로 빼내어 손에 움켜쥐었다. 두께를 느낄 수도 없을 만큼 봉투는 얇았다. 손아귀에 들어간 힘으로 손이 떨렸다. 사진첩에서 김진성을 찾아보았다. 그는 내가 있는 곳이면 어디든 내 옆에 자리하고 있었다. 두 손가락을 올려 브이

자 모양을 만들어 보이기도 하고 내 어깨에 한쪽 팔을 올려 놓은 사진도 있었다. 여교수 옆에서처럼 어릴 적에도 그는 자신감 넘치는 모습을 하고 있다. 내게 추억과 패배감을 동시에 안겨준 미지의 세계 같은 곳이 박제된 양 사진 속에 갇혀 있었다.

아침 조회를 마치고 내 자리에 우두커니 앉아 창밖만을 바라보고 있었다. 아침 햇살이 창을 통해 들어왔다. 열어놓은 창으로 바람이 들어와 배 사장에게 사인을 받기 위해 뽑아놓은 계약서 귀퉁이가 펄럭였다. 휴대폰이 요란하게 울렸다. 지점장이었다.

"어제 좋았다면서⋯⋯."

"지점장님, 무슨 말씀이신지?"

"아침 일찍 배 사장이 전화했어. 어제 자네하고 밥 맛있게 잘 먹었다고. 계약 이야기나 다음 만날 약속도 정하지 않고 차에서 내려버렸다고. 자네가 그렇게 순진한지 묻던걸. 어쨌든 어제 아무 말도 하지 않고 온 건 정말 잘한 일이야. 상품 이야기도 들어보고 새로운 사업 구상하는 것에 대해 자네하고 의논도 하고 싶다고 하면서 저녁에 어제 그곳 기찻길 건너에서 다시 만나자고 하던데. 늦지 말고 약속 장소로 가보게. 배 사장이 아주 자네를 맘에 들어하는 눈치야."

지점장의 전화를 받고 나는 다시 살아난 기분이었다. 지점장은 그녀가 거액의 보험을 넣으려 한다고 귀띔했다. 상속되지만 상속세도 없고 자금 출처도 묻지 않는 보험. 배 사장은 쉰 살이 넘었지만 호적은 아직 미혼이라고 했다. 그건 서류상의 이야기일 뿐이고, 그녀에게는 아들이 하나 있는데 그 아들에게 모든 걸 물려주기를 원한다고 했다. 지점장이 불러준 이름과 주민 번호를 받아 적었다. 수익자를 그녀의 아들로 지정한 서류를 다시 준비했다. 어제 뽑아둔 월 백만 원짜리 상품설명서를 들고 종이 분쇄기 앞으로 가져가 기계 안으로 밀어 넣었다. 그녀에게 설명할 상품 설명서를 월 오백만 원짜리와 천만 원짜리 두 종류로 다시 준비했다. 몇 번이고 상품 설명서를 읽어보고 배 사장이 궁금해할 만한 것에는 붉은색 볼펜을 이용해 줄을 긋고, 사인을 받아야 할 곳에는 연두색 형광펜을 이용해 굵고 선명한 줄을 그어 준비했다. 나는 출격 준비를 끝낸 장수의 기분이 이런 걸까 생각했다. 들뜬 기분과 긴장감이 어우러진 복잡한 심정이었다.

배 사장을 만나러 나가려는 나를 지점장이 방으로 불렀다. 지점장은 나를 보자 자리에서 일어나 팔을 크게 벌려 나를 힘 있게 안더니, 속삭였다. 눈 딱 감고 배 사장이 하자는 대로 하라고. 자네 인생이 달라지는 좋은 기회야. 그리고는 내 등을 떠밀다시피 하며 방에서 끌고 나와 택시를 태웠다.

일식집에서 만난 배 사장은 기분이 좋아 보였다. 화사한 은색 실크 원피스를 입고 화장도 정성스럽게 한 것 같았다. 그러고 보니 어제 보던 인상과는 사뭇 달랐다. 어딘가 은은한 분위기가 흘렀다. 나도 왠지 그녀가 어제보다 편안했다. 저녁 시간에 만나 식사 시간이 길어진 거며, 사케 잔이 거침없이 오간 거며 술에 취해가자 배 사장은 눈가가 풀리면서 한없이 슬픈 표정을 지었다. 그리고 그녀는 서슴없이 나를 동생하고 불렀다.

"동생, 그래, 동생이지 뭐, 언제 만난 게 중요한가? 우리 마음이 통하는 게 중요하지. 난 어제 동생과 헤어지고 밤에 말이야…… 괜히 동생 생각이 나더라고…… 왠지 요즘 너무 허전했거든. 생각해보면 그동안 너무 정신없이 살아왔던 것 같아. 생각해봐, 여자 혼자 몸으로 사업체까지 키우려니까 가끔 날 어째 보려는 남자들도 적지 않았지만 어림없었지. 그런데 사업이 한시름 놓인다 싶고 이젠 안정됐다 싶으니까 괜히 허전한 거야. 돈은 벌었지만 좋은 시절은 다 지나간 내 꼴이 말이야. 그러니 내가 취하지 않을 수 있어? 누굴 붙잡고 울고 싶지 않겠어? 어제 동생 만난 게 단순한 만남이 아니라

는 거 즉각 알았어. 그래서 오늘은 여기 나오는데 괜히 설레
던걸."

"그러세요? 저도 마찬가지예요. 저도 누님이 오래전부터
알고 있었던 분 같았어요. 저도 오늘은 마음껏 취하고 싶습
니다."

"그래, 우리 마음껏 취하자고…… 그리고 뭐 어때? 이 나
이에 연애도 할 만하면 하는 거지 뭐…… 그렇잖아?"

"그럼요, 저야 영광이지요."

"오늘은 내가 하자는 대로만 하는 거야. 동생을 납치해
갈 테니까. 장 센터장을 보고 있으니 어쩐지 젊었을 때 누군
가의 모습이 떠오른단 말이야."

그녀는 서글서글하게, 혹은 농담처럼 예사롭게 말했다.

"예, 분부만 하십시오, 납치해주시면 납치당하겠습니다."

나도 까짓것하고 내질러버렸다. 배 사장이 그런 나를 빤
히 쳐다봤다. 나도 최대한 눈길 속에 어떤 의미를 담아 보내
고자 했다.

"알았어, 그럼 우리 서로 도장 찍은 거야?"

"영광입니다. 누님."

노름할 때 배팅하는 딜러의 심정으로 나는 말을 던졌고
배 사장은 기분 좋게 웃으며 고개를 끄덕였다. 느긋하게 식

사가 계속됐고, 별 의미 없는 얘기를 의미 있는 것처럼 나누면서 식사가 끝나자, 근처 커피숍에 가서 커피를 마셨다. 준비해 온 서류를 꺼낼까 했으나 나는 좀 더 참기로 했다. 배 사장이 자신이 어릴 때 이곳에서 자랐다고 말했으므로 나도 어릴 적 이 근처에서 자랐다고 말했다. 그랬구나, 어쩐지 낯설지가 않더라고. 이게 다 인연이지 뭐, 하고 그녀가 말했다. 그리고 그녀는 나를 차에 태우고 차를 몰았다. 차는 미끄러지듯 송정천을 지나 모텔들이 밀집한 곳으로 들어섰다. 나는 모른 척했다.

송정 모텔은 기찻길이 철거되고 상업지로 변할지도 모른다는 풍문을 제일 먼저 받아들인 듯했다. 최근에 리모델링을 했는지 안과 밖이 깨끗하게 잘 정돈되어 있었다. 침대는 바다가 보이는 곳에 놓여 있었다. 푸른빛이 자욱이 내려앉은 바다에는 저 멀리 커다란 배들이 지나가고 있었다. 자세히 살피지 않는다면 작은 움직임조차 읽어낼 수 없을 정도로 바다는 움직이지 않는 듯 움직이고 있었다.

배 사장은 자신의 손을 내 손에 포개더니, 내 윗옷을 벗겼다.

"모텔 사업에 손을 대려면 실제 체험도 해봐야 하니

까…… 견학차 왔다고 해두죠."

이십여 년 만이었다. 나와 우리 부모의 아픔 위에 세워진 건물에서 그런 말을 들었지만 나는 삶 앞에서 차마 그녀를 뿌리치지 못하고 있었다. 그녀가 먼저 샤워를 하겠냐고 물었다. 나는 대답 대신 고개를 흔들었다. 그녀는 옷을 벗고는 샤워실로 들어갔다. 그녀가 틀어놓은 샤워기에서 쉴 새 없이 물이 떨어지는 소리가 났다.

그녀가 샤워하는 동안 나는 모텔 밖을 바라보았다. 저 아래 풀숲에 녹슨 기찻길이 보였다. 그 기찻길이 뻗어 간 길을 눈으로 좇았다. 어릴 때 나는 어떤 연유로 우리 가족이 달빛을 따라 걸으며 철길을 넘어 버스정류소에 도착해서도 바로 버스에 오르지 못하고 한참을 숨죽인 채 있어야 했는지 몰랐다. 새벽 첫차를 보내고 아버지가 버스 뒤에서 손짓하자 서둘러 버스에 올라타고는 그곳을 떠났다. 내 손에도 들고 달리기에는 무거운 짐 보따리들이 들려 있었다. 버려진 폐가에 도착해서 풀어본 짐에는 밥을 지어 먹을 수 있는 간단한 세간살이가 전부였다. 열일곱 살이었던 내게 그것들은 세상의 어떤 것들보다 더 무겁게 느껴졌다. 나는 우리가 마을에서 도망칠 수 있도록 도와준 역장을 보았다. 소리 내어 감사하다고 인사하고 싶었다.

언젠가는 꼭 찾아가 인사하리라 다짐했었다. 그런 내 다짐은 진실 앞에서 너무도 허망한 것이었다. 어머니는 죽어가는 병상에서야 비로소 입을 열었다. 언제부턴가 바닷가에 개발 바람이 불어 외지의 부동산 업자들이 무차별적으로 송정을 먹어치우고 있었다. 그 타깃이 된 우리 집은 안전할 수 없었다. 우리 집은 언덕 위에 있었는데 파란 페인트를 칠한 낡은 슬레이트 지붕에 널찍한 마당을 갖고 있었다. 소문에는 곧 일대에 아파트가 들어설 거라고 했다. 부동산 브로커들이 집을 팔라며 과일이며 고기 상자 따위를 들고 간수실과 식당으로 뻔질나게 아버지와 어머니를 찾아다녔다. 마음대로 되지 않자 브로커들은 역장을 매수해 아버지에게 술을 사고 취한 아버지를 노름에 끌어들였다. 아버지는 그때 일들을 잘 기억하지 못했다. 아버지 도장이 찍힌 노름빚 종이 쪼가리만이 진실처럼 다가왔고 조상 대대로 살아온 집과 식당이 헐값에 넘어가 우리는 도망치기에 급급했다.

뒤늦게 속은 것을 알게 된 아버지는 술로 세월을 보내다 화병으로 세상을 떠났다. 우리가 기찻길을 등지고 떠난 지 오 년 만의 일이었다. 나는 그 사실을 알고도 그곳으로 돌아갈 수는 없었다. 누구에게 화를 내고 따져야 할지 몰라 가지 못했고 초라한 내 모습에 돌아가지 못했다. 그 사실을 알게 된 후로는 더더욱 그곳에 가기 싫었다. 휴가 때나 바다가 보고 싶을 때에는 해운대를 가거나 아예 송정을 지나 동쪽으로 더 올라가서 일광이나 진하 해수욕장으로 향했다.

배 사장은 거침이 없었다. 설마하니 그렇게 거드름이나 피우던 여자가 이렇게 변할 수가 있나 생각되었다. 그녀는 마치 도마 위에 오른 커다란 물고기를 해부하듯이 나를, 내 온몸을 요리하기 시작했다. 얼굴, 코, 입술, 목으로 끈끈한 혀와 침들이 지나갔다. 소름 돋는 소리가 들리듯 온몸이 오싹해졌다. 드디어 배에 이른 입술이 더욱 큼직한 자국을 내며 아래로 향하자 나도 모르게 부르르 떨렸다.

"이봐, 젊은 사람이…… 왜 이래? 정신 어디 팔고 있는 거야?"

배 사장이 숨을 몰아쉬며 말했다. 그녀는 다시 하던 일을 계속했다. 드디어 그녀의 입술이 올 때까지 기어 왔다. 그녀가 이상한 신음 소리를 내며 맹렬하게 몸부림치기 시작했다.

"좀 움직여 봐. 움직이라니까……."

그녀는 신경질적으로 내뱉으며 내 몸 위에서 손톱을 세우고 살을 움켜쥐었다. 나는 눈을 감았다. 그리고 이건 그냥 비즈니스일 뿐이다 생각했다. 그리고 대단히 중요한 계약이 걸린 일이니까 하고 스스로 최면을 걸었다. 그저 내 몸은 지금 식탁에 놓여 누군가가 파먹고 있을 뿐이다. 나는 아득한 어둠 속으로 한없이 잦아들었다. 그때였다. '부아앙 부아앙…….' 꿈속에서처럼 얼핏 그 소리가 들렸다. 기적 소리였다.

"왜 그래?"

배 사장이 나를 올려다보았다.

"왜 그러냐고?"

배 사장이 또 물었다.

"방금 기차 소리가 들렸는데……."

"무슨 헛소리야."

"아뇨, 방금 기차 지나가는 소리가 들렸어요."

나는 일어났다. 그리고 창밖을 내다봤다.

"미쳤어. 무슨 소리가 난다는 거야."

그녀의 목소리에는 먹을 것을 앞에 두고 먹지 못해 안달하는 사나운 짐승의 울부짖음이 서려 있었다. 나는 얼른 옷을 꿰입고 문을 박차고 나왔다. 등 뒤에서 아직 다 채우지 못한 욕정으로 우짖는 배 사장의 거침없고 날카로운 고함이 들렸다. 무작정 뛰었다. 골목 사이사이에 모텔들은 어김없이 자리하고 있었고 막힌 듯 보였지만 골목은 계속 이어져 큰길과 맞닿아 있었다. 그곳에는 은갈치처럼 반짝이는 철로가 있었다. 밤의 기찻길은 어둡고 고요했다. 기차는 더 이상 다니지 않는다. 역무원이 있어야 할 공간에는 그 누구도 없다. 차라리 누군가가 나타나 밤의 기찻길은 낮보다 더 위험하니 밖으로 나가라고 고함을 쳐주었으면 하고 속으로 바랐다. 하늘에는 보름달이 휘영청 떠 있었다. 알 수 없는 공포가 밀려왔다. 얼마쯤 달렸을 때, 그녀가 오늘 밤 사인하기로 한 보험계약서가 든 가방을 모텔 방에 두고 왔다는 것이 떠올랐다. 달려온 길을 뒤돌아보았다. 되돌아가기에는 너무 멀리 왔다. 앞은 잘 보이지 않았지만 마음의 눈은 대낮같이 환하게 밝았다.

보험회사에 입사한다고 했을 때 남자인 내가 어떻게 대한민국 아줌마들 틈에서 살아남을지를 고민했지 침대 계약 같은 문제에 대해서는 꿈조차 꿔보지 못했다. 센터장인 내가 중요한 계약을 망치고 도망 나와버렸으니 온 센터에 소문이 무성할 것이다. 지점장이 특정 센터에 지인을 소개한 것을 알면 다른 센터장들이 가만있지 않을 것이 불 보듯 뻔했다. 과거에 사로잡혀 계약을 이루지 못한 내 자신이 한없이 무능하게 느껴졌다.

이튿날 아침 무거운 머리를 안고 출근하다가 승용차를 돌려 송정 기찻길로 향했다. 가는 내내 당당하게 출근하지 못하는 내 처지에 비감한 생각이 밀려왔다. 어젯밤 기적 소리와 함께 나를 모텔에서 뛰쳐나오게 한 것이 무엇일까를 생각했다. 도무지 감이 잡히지 않았지만 분명한 건 그 순간 내 속에서는 불덩이 같은 뭔가가 꿈틀거렸다는 것이다. 그 불덩이는 도대체 무엇이란 말인가!

나는 풀들이 우거진 공터에 차를 세웠다. 그리고 주변을 둘러봤다. 어젯밤에는 보이지 않던 기찻길 주변이 눈에 들어왔다. 기찻길 양옆으로 누가 심었는지 언제부터 그곳을 지키고 있었는지 알 수 없는 꽃과 나무들이 덤처럼 다가왔다. 아버지가 쪼그리고 앉아 무전을 기다리던 간수실이 있던 자리에는 동해남부선 폐선부지 이용 시 주의할 점들이 열거된 표지판이 세워져 있었다. 세워진 지 얼마 되지 않은 표지판은 물 위에 뜬 기름 같았다. 경사진 구간으로 위험하니 보행 시 주의하라는 내용과 보안등 미비로 일몰 후 출입을 삼가라는 내용, 쓰레기 무단 투기를 금한다는 내용도 있었다. 이곳 기찻길만이 갖는 의미나 역사는 후미진 화장실 앞의 표지판에 안내되어 있는 것이 전부였다. 철제로 만든 표지판은 산화되어 붉은 피를 흘리는 것처럼 보였다. 역사 건물이 문화재로 지정되어 있다는 안내 문구는 읽을 수 있었지만 역보다 더 오래 이 장소를 기억하는 100년 된 두 그루의 향나무는 어디로 갔는지 그 행방은 알 수 없었다. 향나무를 떠올리자 어릴 때처럼 달리고 싶었다. 나는 멀리서 기차가 달려와도 이제는 멈추지 않고 달릴 수 있을 것만 같았다. '이럴 때 해풍이라도 불어온다면 얼마나 좋을까.' 나는 걸음을 멈추고 소맷자락으로 땀을 훔쳤다. 청사포의 상징이 되어버린 빨간 등대와 하얀 등대가 마주 보고 서 있는 모습이 대화를 나누는 것처럼 정겨웠다. 나무 사이에서 골바람이 불어왔다. 나는 골바람이 부는 곳으로 끌려가듯 걸어 그 앞에 섰다. 내 눈으로 보았는데도 눈을 의심하게 했다. '등대 가는 길'이라고 적힌 입간판이 있고 간판 아래 잔디에는 이미 술집이 버젓이 영업을 하고 있었다. 몇몇 사람들은 오전인데도 술판을 벌이고 술에 취해 큰소리를 내고 있었다.

땀으로 이마에 붙은 머리카락을 신경질적으로 쓸어 넘겼다. 방금 전에 보았던 모습들을 애써 외면하기 위해 나는 어릴 때처럼 한쪽 선로에 올랐다. 넘어지지 않으려고 양팔을 벌려 중심을 잡고 걸었다. 얼마나 걸었을까 장승이 서 있는 곳에 이르렀다. 장승을 사이에 두고 며칠 전 횟집에서 보았던 청년회 사람들과 여교수가 이끄는 시민단체 기찻길 지킴

이들이 맞서고 있었다. 여교수 뒤로 김진성의 얼굴도 보였다. 그는 "아! 슬프다. 시장님, 우리는 폐선부지 상업개발을 반대합니다!"라고 쓴 팻말을 들고 있다. 청년회 사람들이 너희들 때문에 이곳 개발이 안 돼 많은 사람들이 기회를 놓치고 있다고 고함을 질렀다. 여교수 팀 쪽에서는 개발은 결국 모두 함께 썩게 만드는 것이라고 대거리를 했다. 이윽고 청년회 사람들이 여교수 팀에게 달려들어 몸으로 밀어붙였다. 여기저기서 사람들이 넘어지고 아우성쳤다.

나는 바다가 보이는 쪽으로 돌아섰다. 그리고 저 멀리 파도가 하얗게 밀려오는 것을 보았다. 한참이나 그렇게 파도의 하얀 포말을 바라보는 동안 나는 깨달았다. 내 속에 밀려온 불덩어리. 그건 다름 아니라 어떤 부끄러움이라는 걸. 기적과 함께 아버지의 그 붉은 깃발이 나에게 부끄러움을 깨닫게 해 준 것이라는 걸. 나는 멀리서 깃발을 흔드는 아버지를 향해 걷는다.

달이
머무는 곳

현이 또 사라졌다. 점심시간 이후에 현을 본 사람은 없었다. 스크린에 광어회 뜨는 그림을 올렸다. 아이들의 이해를 돕기 위해 먼저 화면으로 광어회 뜨는 모습을 간단하게 살펴보았다. 그런 다음 실습용 버킷의 뚜껑을 열었다. 그 안에서 아직 숨이 끊어지지 않은 광어 한 마리를 하얀 도마 위에 올렸다. 물을 떠난 광어가 도마 위에서 필사적으로 몸부림을 쳤다. 나는 예사롭게 광어 대가리를 손으로 꽉 잡아 내리누르면서 말했다.

　"아가미에 칼을 꽂아 숨통을 먼저 끊어야 합니다."

　흐트러졌던 아이들의 시선이 모아지기 시작했다.

　"다음은 비닐을 치고 대가리 부분을 분리합니다."

　재빨리 도마 옆에 준비된 칼을 잡아 광어 대가리 아래를 칼로 깊숙이 찔러 단번에 숨통을 끊었다. 이 순간 내 손놀림은 유연하고 재빨랐다. 아이들은 커다란 모니터에 비쳐진 내 손의 놀림을 보고 탄성을 질렀다. 광어 대가리를 칼로 분리해 옆으로 밀어냈다. 대가리가 떨어져 나간 광어 몸통에서는 격렬하게 몸부림치는 생명의 움직임이 피 묻은 내 손바닥을 타고 팔뚝으로 저릿하게 전해졌다.

회 뜨는 시범을 보이면서도 마음은 초초했다. 도대체 현은 지금 어디에 있는지. 그 아이 생각으로 머릿속이 엉킨 실타래처럼 복잡하다. 내가 회를 다 뜨기 전에 실습실 문을 열고 들어와 주기를 간절히 바랐다. 광어는 마지막 몸부림을 알리듯 남아 있는 힘을 다해 힘껏 파닥였다. 더 이상의 움직임은 없었다.

"대가리를 분리한 다음에는 곧바로 속의 내장도 모조리 제거합니다. 활어회의 싱싱한 맛은 시간이 결정하니까 빠를수록 좋겠지요."

나는 수도꼭지에 대고 대가리가 날아가고 없는 광어를 씻어냈다. 아이들은 손이 근질거려 못 참겠다는 듯 할 줄 아는 사람은 시작해도 되느냐고 물었다.

"기다리세요."

나는 광어회 뜨는 일을 멈추지 않았다. 부드럽게 칼날을 움직이며 광어의 연한 살을 칼로 누벼갔다. 그때마다 탐스런 광어 살이 베어져 모양 좋게 나란히 누웠다. 이 순간 아이들이 얼마나 황홀한 눈길로 내 손의 움직임을 보는지 안 봐도 나는 충분히 느낄 수 있다.

"다음은 뭘 하면 되지?"

"다섯 장 뜨기로 할 건지 석 장 뜨기로 할 건지 먼저 말해 주세요."

누군가 말했다. 나는 평소 같으면 농담을 섞어가며 '안 가르쳐 주지' 하고 수업을 재밌게 이끌었겠지만 지금은 현 때문에 그럴 기분이 아니었다.

"다섯 장 뜨기로 한다. 처음 뜨는 초보에게는 그쪽이 더 쉽다. 알겠지? 먼저 눈이 있는 유안부터 회 뜨기를 한다. 가운데를 정확하게 반으로 자른다. 꼬리 부분은 가로로 칼집을 넣어 깨끗하게 마무리한다. 그리고 본격적으로 포를 뜬다. 칼을 사선으로 기울여 살과 뼈의 접촉면을 가른다. 이때 중요한 것은 칼날이 지속해서 뼈에 닿는 느낌을 받아야 한다는 것이다."

회 뜨는 법은 조리고등학교에서 핵심이기 때문에 아이들의 관심도도 높았다. 이 부분에서 나는 늘 목소리가 높아진다.

"칼을 더 기울여 칼끝이 뼈와 살이 붙은 부분을 파고들면서 '따라락' 하는 느낌을 받으면 제대로 되고 있는 거다. 이제 살이 잘 벌어져 틈새가 만들어지면 이때부터는 다른 한 손으로 살집을 잡아 벌리고 칼은 계속해서 뼈에 부딪히는 느낌을 받으며 갈라준다. 끝까지 가르면 광어 지느러미 살이 나오고 칼날이 맨 마지막 껍질에 막혀 더는 진행할 수 없게 된다. 그러면 한쪽 포 뜨기가 마무리된 거다. 반대면도 같은 방법으로 포를 뜬다."

아이들 대부분은 제법 능숙하게 따라 했다. 몇몇은 수준 급의 실력을 보이기도 했다.

마지막으로 껍질 벗기는 시범까지 보이고 현을 찾아 나섰다.

체육을 가르치는 이 선생이 앞에서 바쁘게 걸어가고 있었다. 나를 힐끗 보더니 현을 찾고 있냐고 물었다. 그제야 규와 현이 함께 수업을 빼먹고 사라진 것을 알았다. 둘은 다른 반이었지만 2학년이 되면서 급격하게 친해졌다. 이 선생은 규를 찾아다니는 중이라고 했다. 있을 만한 곳은 다 돌았고 이제 남은 곳은 체육관에 딸린 창고뿐이라고 했다. 만약 그곳에도 아이들이 없다면 학교 밖으로 나간 것이라고 단정했다.

이 선생이 앞장을 섰다. 창고 앞에 서자 이 선생은 조심스럽게 문을 열었다. 그가 들어가자 나도 그를 따라 안으로 들어갔다. 먼지 쌓인 매트리스가 먼저 보였다. 이 선생은 매트리스를 밀치며 안으로 들어가려 했지만 커다란 덩치 때문에 쉽게 들어갈 수가 없었다. 자리를 비키며 내게 들어가 보라는 손짓을 했다. 그가 시키는 대로 그 안으로 들어갔다. 좁은 공간으로 쑥 빨려들 듯 몸이 밀려들어 갔다. 그들이 거기에 있었다. 내가 들어서는 것도 모르고 그들은 부둥켜안은 채였다. 이 선생이 규와 현이 그곳에 있냐고 소리치지 않았다면 그들은 언제까지고 그러고 있었을 것이다.

"저 나이 때는 그럴 수 있다고 생각 안 해요?"

이 선생이 나를 돌아보며 은밀하게 말했다.

"그래도 그렇지, 수업까지 빼먹고 그러는 것은 아니라고 보는데요."

"그렇기는 하지만 적당히 혼내고 여기서 덮어요. 나를 봐서라도 알겠죠."

그는 내 손을 가볍게 잡고는 힘을 줬다 뺐다 하며 말했다. 이 선생과 나는 시쳇말로 썸타는 사이다. 동병상련, 우리는 서로 이혼한 처지라는 것을 알게 된 다음부터 뭔지 모르게 끌리고 있다. 아직 서로 깊은 우물 안까지 들여다볼 마음의 준비가 되어 있지는 않다. 그래도 물은 제멋대로 출렁이며 천천히 두레박에 차오르고 있었다. 아픔을 건드리지 않기 위해 이혼 사유에 대해서는 서로 묻지 않았다. 나는 적당한 순간에 불임에 대해 고백을 하겠지만 지금은 때가 아니다.

결국 나는 현을, 이 선생은 규를 혼내주기로 했다. 현을 실습실로 데리고 갔다.

"어쩌자고 벌써부터 이런 일을 저지르니? 다른 곳도 아니고 학교 안에서······"

현의 눈은 아무 대답도 없이 다른 곳을 향했고, 한 번씩 발뒤꿈치로 바닥을 내리찍었다.

"지금 남자아이와 그런 짓하다 신세 망치면 네 인생이 어떻게 되겠니?"

순간 현이 재빠르게 나를 쏘아보았다.

"사랑하는데 왜 신세 망쳐요?"

"조금도 반성하지 않는구나?"

"왜 반성해요? 난 규를 사랑한단 말이에요. 그게 왜 나빠요?"

"너 오늘 벌로 청소해야겠다. 만약 청소하기 싫으면 말해. 징계위원회에 넘길 테니까."

교실, 복도, 마지막으로 2학년이 함께 사용하는 여자 화장실 다섯 칸도 전부 청소시켰다. 현은 두 시간을 오롯이 청소만 했다.

현이 교실 청소를 할 때 나는 교실의 왼쪽 모서리에 팔짱을 끼고 기대어 서 있었다. 창유리는 어제 내린 비로 더러워져 있었다. 아이들은 앞이 잘 보이지 않는 창을 닦거나 열어 창밖을 내다보려 하지 않는다. 청소를 하기 위해 열어둔 창문 두 개가 한쪽으로 겹쳐져 유리는 더 혼탁했다. 열어놓은 창을 통해 밖을 바라본다. 만개한 꽃들이 운동장에 지천으로 깔려 있다. 바람이 분다. 달콤하고 향긋한 냄새가 코끝을 스친다. 운동장을 따라 둥그렇게 난 길 옆으로 심어놓은 천리향에서 나는 냄새다.

복도를 청소할 때는 교실 앞문에 서서 현을 지켜보았다. 바람이 부는지 꽃들이 향기를 내뿜는지 알 수 없었다. 하지만 난 좀 전의 바람을, 향을 상상하고 그리며 고개를 길게 늘여 교실 창을 바라봤다. 화장실 청소를 할 때는 코끝이 간지러운 척하며 코끝을 잡고 있었다. 고약한 냄새가 나는지 알지도 못하면서 그러고 있었다. 코끝에 약지 손가락을 올리고는 생각했다. 조금 전 현이 나를 바라보던 눈빛이라든가, 그녀가 규를 감싸고 있던 희고 가느다란 팔. 그런 것들로부터 사정없이 감겨진 것처럼 몸이 조여오고 불편했다.

다음 날 점심시간이었다. 갑자기 이가 아파왔다. 식사를 포기하고 약국으로 갔다. 안에는 우리 학교 교복을 입은 남학생과 약사 란이 이야기를 나누고 있는 모습이 보였다. 내가 들어서자 그들은 황급히 주머니에 무언가를 집어넣고는 도망치듯 달아나버렸다. 달아나는 아이들과 다르게 란은 별일 아니라는 듯 나를 보고 미소 지었다. 나를 보고 란이 가볍게 인사했다. 인사하는 그녀 등 뒤로 빼곡한 약상자 사이에 아슬아슬하게 걸려 있는 약사 면허증이 보였다. 그녀는 나와 같은 서른두 살이었다. 작은 못에 걸려 있는 액자는 곧 떨어질 듯 위태로워 보였다.

가까이에서 본 란은 나이보다 어려 보였다. 비비를 바르지 않아도 될 만큼 피부는 곱고 하얗다. 내가 치통 때문에 왔다고 하자 오른손을 뻗어 진열대에 정리해둔 진통제를 내밀었다.

"치통은 방치하면 더 큰 화를 부를 수 있어요. 내일은 꼭 병원에 가보도록 하세요. 아는 치과가 없다면 2층 치과도 괜찮아요. 실례가 아니라면 치과에 전화해 드릴까요?"

그녀는 어색한지 가운 주머니에 손을 넣었다.

"아침에는 고마웠어요."

그녀가 뭔가 다급한 목소리로 말했다. 출근길에 그녀는 약국 문을 열기 위해 열쇠를 가방에서 꺼내다가 그만 차도에 떨어뜨렸다. 나는 열쇠를 주워 그녀에게 건넸다. 그때 그녀 가방에서 열쇠와 함께 보행기 신발 한 짝도 같이 떨어졌다. 사실은 그것을 줍기 위해 민첩하게 행동했었다. 그것을 알 리 없는 그녀가 감사인사를 했다.

그녀의 목소리는 물기에 젖은 것처럼 촉촉하게 들렸다. 다 가진 듯 보이는 여자의 목소리가 아니었다. 내가 그녀에게 관심을 가지는 이유는 그녀가 인공수정으로 아이를 낳았다는 사실 때문이다. 누구는 실패했는데 그녀는 성공했다. 그리고 그 아이는 벌써 네 살이었다. 나는 그녀에게 인공수정에 대해 물어보고 싶었다. '얼마 만에 성공했는지, 아이가 자궁에 자리 잡을 때 느낌은 어떤지.' 얘기 나누고 싶은 것이 많았지만 그만두었다. 나는 지금 혼자다.

오후 수업 종이 울리기 전에 교무실에 가기 위해 서둘렀다. 처음 요리를 시작할 때 적성을 몰라 여러 나라 음식을 두루 배웠다. 일식으로 마음을 굳힌 이유는 차가운 손 때문이었다. 장갑을 끼지 않고 맨손으로 생선을 만져야 한다. 대부분 여자는 남자보다 손의 온도가 높다. 그러한 이유로 대부분의 일식 요리사는 남자다. 나는 남자만큼 차가운 손을 가졌다. 내가 만든 생선회나 초밥은 다른 사람의 것보다 맛있었다. 말로는 설명할 수 없는 미묘한 차이의 맛이었다.

언제나 주변 상황이 복잡하게 얽힐 때 내 몸에서 가장 먼저 반응하는 것이 이였다. 대학 입시를 앞두고 이가 아프다는 것을 알았다. 그 사실을 숨기고 요리학원에서 밤늦도록 연습했다. 그때 이미 나는 장래 희망을 셰프로 정했다. 세상에서 가장 맛있고 아름다운 음식을 만드는 게 내 꿈이었다. 누구나 내 요리를 먹으면 행복해지는 그런 셰프.

치통은 심해지고 있었다. 결국 참다못한 나는 참을 수 없는 치통이 찾아왔을 때 어머니에게 말했다. 어머니는 나를 치과에 데리고 가기는커녕 대학 입시를 피하기 위해 꾀병을 부리는 거라며 화를 냈다. 어머니는 내가 셰프가 되겠다는 생각을 가졌을 때부터 나의 모든 걸 경멸했다.

기껏 애써 키워놨더니 뭐 식당에서 요리나 하겠다고. 징그러운 벌레를 봤을 때처럼 기이한 눈으로 나를 내려다보며 말했다. 그런 어머니에게 더 이상 이가 아프다는 얘기를 하지 못했다. 나는 무남독녀였다. 그때까지 해달라는 모든 것, 갖고 싶은 것은 다 가졌다. 그러나 이 일이 있은 뒤에 내 인생은 이리저리 꼬이기 시작했다. 어머니를 실망시킬 수 있는 일이면 기를 쓰고 저지르고 봤다. 결혼도 그랬다. 캠퍼스 커플로 만난 남자와 직장도 없는데 결혼을 하겠다고 우겼다. 근 일 년 동안은 친정에서 생활비를 대줘야 했다. 남편이 은행에 취직이 되고 제법 살 만해지자 이번에는 애가 생기지 않았다. 결국 이 년 동안 인공수정을 위해 할 짓 못할 짓 다했지만 실패했다.

남편이 싫은 건 아니었지만 자존심이 상해서 내 쪽에서 먼저 이혼을 하자고 말했다. 내 머릿속의 그 기억은 언제나 나를 따라다녔다. 남편은 기다렸다는 듯이 나를 놔주었다.

점심시간이 끝나가고 있었고 운동장에는 남자아이들 몇 명이 아직까지 축구를 하고 있었다. 때마침 점심시간이 끝났음을 알리는 종이 울렸다. 오 분 후에는 오 교시 수업종이 울린다는 뜻이기도 했다.

치과에 가기 위해 서둘러 학교를 나왔다. 교문을 지나 가로수 길이 시작됐을 때 그들이 보였다. 벚꽃은 만개할 대로 만개해서 이제 떨어질 일만 남았다. 그 아래서 규는 현의 머리를 쓰다듬고 있었다. 현은 나를 보고 놀라지도 않았고 인사를 하지도 않았다. 오히려 내가 놀라 흠칫 뒤로 물러났다. 현은 팔짱을 낀 채 나를 노려보았다. 나는 무어라 말도 못하고 어정쩡하게 걸었다. 그들은 그런 나를 보고 피식 웃었다. 내가 웃는 모습마저 못 본 척 외면하자 현이 더는 못 참겠다는 듯이 '거지같은 년'이라고 욕하는 것 같았다. 그러고는 내 등 뒤에 침을 퉤하고 뱉었다. 나는 계속 걸을 수밖에 없었다. 병원을 향해 걷는 나는 어딘지 부자연스럽다. 팔과 다리가 꼬이지나 않는지 무척 신경이 쓰인다. 뒤를 돌아보고 싶지만 그러면 그들과 눈이 마주칠까 봐 돌아보지도 못하고 엉성한 걸음 그대로 병원에 도착했다. 기다란 의자에 누워 입을 벌린 채로 의사가 나오기를 기다렸다. 여의사였다. 마스크를 쓴 여의사는 아무 말도 없이 내 입속에 기구를 넣고 여기저기 들쑤셨다. 나는 내가 도마 위에 올려져 있는 죽은 광어 같다는 생각을 했다. 처음 요리학원에서 생선회를 뜨던 때가 생각난다. 나는 그때 겨우 열다섯 살이었다. 살아서 파닥이는 생선의 아가미 깊숙이 칼끝을 집어넣었다. 붉은 피가 선명하게 칼날에 묻어났다. 그러고도 놈은 한참을 꼬리를 팔딱이다 서서히 멈추었다.

의사는 처음 이가 아플 때는 썩는 중이고 다 썩고 나면 이는 더 이상 아프거나 통증이 느껴지지 않는다고 말했다. 다 썩어 통증을 느낄 만큼은 아니라고 말하며 고개를 갸웃하더니, 근래에 크게 스트레스를 받은 일이 있냐며 심리적인

184

요인이 더한 것 같다고 말했다. 의사의 처방은 간단했다. 완전히 썩은 사랑니를 당장 빼버리자고 했다. 나는 아직 이를 빼본 적이 없어서 어떻게 해야 할지 난감했다. 주저하는 나를 보고 의사는 응급처치로 진통제를 주사해줬다. 생각해보고 다시 병원에 찾아오라고 말했다. 주사를 맞고 십여 분이 지나자 치통은 가라앉았다. 그때서야 나는 규와 현의 일을 그대로 덮을 수만은 없다고 생각했다.

치과에서 집으로 돌아오는 길에 슈퍼에 들렀다. 빨간 소쿠리에 다섯 알 정도 담아놓은 풋사과를 집었다. 저녁으로 산 것은 사과가 전부였다. 나는 사과를 흐르는 물에 깨끗이 씻어 물이 빠지도록 소쿠리에 담았다. 소쿠리째 쟁반에 올려 들고는 거실에 앉았다. 내 속은 부글부글 끓고 있는데 세상은 조용하고 평온했다.

거실 창 가득 달이 차올라 있었다. 저 둥그렇고 커다란 달. 달을 내 집에 들여놓을 생각이 없는데, 저 달은 제멋대로 내 집으로 찾아들어 와서는 내 가슴을 후벼파대고 있었다. 터질 듯 차오른 달을 보자, 규의 품에서 안겨 있던 현의 가슴이 떠올랐다. 현의 가슴처럼 부푼 달을 보며 사과를 천천히 씹어 먹었다. 사과를 씹으며 생각했다. 경멸하듯 나를 바라보던 현, 무신경하게 심리적 요인이라고 말하는 치과 원장.

서러워 눈물이 흘렀다. 입안에는 아직 덜 익은 풋사과가 침과 함께 섞여 잘게 부서지며 간혹 단맛을 냈다. 나는 눈물이 흐르는 대로 두고는 사과를 심만 남기고 다 먹어치웠다.

약국으로 갔다. 란은 나를 보자 반가워하며 드링크제를 뚜껑까지 열어 내게 건네주었다. 열쇠를 주워준 이후에 란은 예상보다 더 호의적으로 변해 있었다.

"치과 선생님이 친절하시네요."

"그렇죠, 좋은 분이세요."

나는 그녀가 직접 전화해주지는 않았지만 좋은 치과의사를 소개 받은 듯이 행동했다.

"어제 제가 진통제를 사러 왔을 때 남학생 몇 명이 나가던데…… 주머니에 작은 상자 하나씩을 집어넣는 것을 봤어요."

"보셨구나! 콘돔이에요. 모른 척하세요. 그래도 저에게 와서 콘돔을 사 가는 학생들은 그나마 괜찮은 아이들이죠, 보건 선생님도 알고 있어요. 아이들이 무안해하지 않게 잘 챙겨주라고 여러 번 당부하고 갔어요. 세상이 이러니 어쩌겠어요."

"그럼 여자애들은 약국에는 안 오나요?"

"그럴 리가요. 여자 애들도 자기 몸은 자기가 지키겠다고 콘돔 사서 들고 다니는 애들도 있고, 누구를 믿었는데, 콘돔 없이 하자고 했다나 뭐라나 하면서 사후피임약 달라고 생떼를 쓸 때도 있고, 그럴 때가 제일 곤란하죠."

나는 어제 현이 왔다 갔는지 물어보고 싶었다. 하지만 차마 물을 수는 없었다. 란이 현을 모른다면 난 어제 학교에서 일어난 일을 란에게 말해야 하고, 그러면 이 선생과 한 약속도 지키지 못하게 된다.

"그럴 때는 어떻게 하는데요?"

나는 아무것도 모른다는 표정을 짓고 최대한 호기심 어린 눈으로 란을 바라보았다.

"산부인과로 보내서 처방전 받아 오라고 하죠. 세상은 참 불공평한 거 같아요. 간절히 원하는 사람에게는 아이를 안 주고 원치 않는 사람들에게는 아이를……."

그녀는 불현듯 무슨 생각이 났는지 말을 멈추어버렸다.

주말에는 이 선생과 세 번째 데이트 약속이 있었다. 그는 약국 건너에 주차하고는 나를 기다렸다. 내가 차에 오르자 어디로 가는지 행선지도 말하지 않고 급하게 차를 출발시켰다. 그는 아침도 못 먹어 배가 고프다며 밥부터 먹자고 했다.

나는 규와 현의 일을 이대로 덮을 수 없다고 생각했다. 어제도 그들은 교문 앞에 서 있었다.

그들은 나를 담탱이, 혹은 마른 내 몸을 빗대어 멸치라고 별명을 붙여서 불렀다. 어른이나 선생으로 인정하지 않는 눈치였다. 내가 뒤에 따라가고 있다는 걸 알면서도 규와 현은 끝내 허리에 감은 팔을 풀지 않고 걸었다. 나는 어이가 없어 그들이 먼저 학교를 빠져나가기를 기다리면서 걸음을 멈추었다. 그들은 내가 지켜보며 서 있다는 것을 알면서 보란 듯이 입을 맞추었다.

아침도 안 먹었다는 사람이 고른 메뉴는 돈가스였다. 후식으로 나는 커피를, 그는 사이다를 시켰다. 그가 사이다를 반쯤 마시기를 기다렸다. 그는 주변을 둘러보더니, 이곳 경치가 좋다고 인터넷에 올라와 있던데 어떠냐고 물었다. 나에게 칭찬을 기대하는 표정이었다. 나는 경치고 뭐고 눈에 들어오지 않았다. 빨리 그들이 내게 한 말이나 행동들에 대해 이 선생에게 말하고 싶었다. 내 얘기를 다 듣고 난 이 선생이 이대로 참을 수는 없다며 불같이 화를 내고 학교 징계위원회를 열고, 그들의 부모가 달려오고, 나에게 빌며 사정하고…….
상상만으로도 기분이 조금은 괜찮아지는 듯했다. 그사이 그가 사이다를 다 마시고 잔을 내려놓았다.

"유유히 흐르는 강물도 보이고 경치가 그런대로 괜찮네요."

"그렇죠. 강물과 산, 그리고 바다. 내가 신경 좀 썼죠."

그가 고른 데이트 장소를 맘에 들어 한다고 생각한 이 선생은 얼굴에 연신 웃음꽃을 피웠다. 그의 기분도 맞춰줬으니 이제 본론으로 들어가야 한다고 생각했다. 나는 마시다 만 커피 잔을 내려놓고 손가락으로 잔의 주둥이를 따라 둥그렇게 원을 그리며 말했다. 내 말이 끝나자 이 선생은 별일 아니라는 듯이 말문을 열었다.

"반항심이 강한 청소년의 특징상 그럴 수도 있지 않겠습니까?"

"그들은 학생이고요, 담임인 내게 보란 듯이…… 어떻게 그래요?"

이 선생의 태도에 걷잡을 수 없이 화가 났다. 잠시 후 그가 다시 입을 열었다.

"지나친 건 사실이에요. 규와 다시 이야기해 볼게요. 하지만 저는 아이들에게 체벌을 한다든가 징계를 내린다든가, 이 일을 부모님께 알려 크게 만들고 싶지는 않아요. 그러면 아이들 마음속에 씻을 수 없는 상처가 될 겁니다."

"그럼 어쩔 건데요?"

"더 세심하게 감싸주는 수밖에. 언젠가는 잘못을 스스로 깨닫겠죠."

"정말 그럴까요?"

"그럼요. 강 선생도 그 비슷한 경험 없어요? 들키고 싶지 않았는데 들켜버린 일 같은 거요. 나는 의외로 많아요. 조금 부끄러운 얘기지만 처음 몽정했을 때. 음…… 그리고 작년에 임용이 안 되어서 전철역에서 아르바이트로 전단지를 돌리고 있는데, 첫사랑 여자가 용케 나를 알아보고 와서는 아는 척을 하는 거예요. 그때는 정말 꽉 죽어버리고 싶었어요. 조금 있으면 우리 아이들은 취업을 해서 나가 사회인이 될 거예요. 겨우 열아홉, 스무 살밖에 안 됐는데 말이에요. 직장인이 되었다는 이유 하나만으로 우리와 동등해져서는 어른들과 경쟁하고 싸워야 한다고요. 살기 위해 일을 하는 것인지, 일하기 위해 사는 것인지조차도 구분하기 힘든 세상에 살아갈 아이들이 안쓰러워요. 곧 그들도 자기들이 한 행동을 책임져야 한다고요. 준비도 안 된 아이들을 나이만 찼다고 세상 속으로 몰아내는 것만 같아 저는 늘 마음 한구석이 불편했어요. 제대로 준비시키고 기다려준다면 아이들은 지금보다 훨씬 행복하게 세상 속에서 하나의 일원으로 적응해나가지 않을까 하는데요. 시간은 금방 가요. 정 못 기다리겠으면 부모님이라도 불러볼까요?"

이 선생은 나이답지 않게 마치 오랜 경력의 노련한 교사처럼 이야기했다. 듣고 보니, 그의 말도 어느 정도는 일리가 있었다.

우리는 말없이 걸었다. 강인지 바다인지 경계도 모호한 곳이었다. 식사를 마치고 나와 걷기 시작했을 때는 분명 바다를 보며 걸었는데, 한참을 걷다가 고개를 들고 바라본 물길은 이미 강으로 바뀌어 있었다. 하구였다. 나란히 앉았다. 하늘과 닿아 있는 강 하구의 노을이 세상을 온통 붉은빛으로 물들였다. 그 분위기 탓인지 그의 팔이 내 어깨를 감쌌다.

그는 전남편과 닮은 구석이라고는 하나도 없었다. 오히려 반대라고 말해야 할 것 같다. 코는 적당히 높았고 입술 선은 적당히 선명한 것이 두툼하게 보였다. 특히 외꺼풀인 눈이 맘에 들었다. 그의 심장이 빠르게 뛰고 있었다. 내 몸도 점점 뜨거워졌다. 우리는 그냥 분위기에 취한 채 자연스럽게 서로에게 다가갔다.

도저히 이가 아파 더는 수업을 할 수 없었다. 조퇴를 하고 치과로 가서 이를 빼고 약국으로 갔다. 처방전을 내밀자 란은 이를 뺐네요, 하며 걱정해주었다. 나는 한 시간 동안 말을 할 수도 물을 마실 수도 없었다. 조제실에서 약을 들고 나온 란이 약봉투를 내밀며 중요한 정보를 건네듯 속삭였다.

"현이라고 선생님도 잘 아시죠? 선생님 학교 2학년이라고 하던데…….."

나는 빨리 집으로 가서 쉬고 싶었다. 약봉지를 낚아채듯 빠르게 집어 들었다가 현이라는 이름을 듣자 나도 모르게 손아귀에 들어간 힘이 저절로 빠졌다. 살포시 약봉지를 내려놓았다.

"소문내지 마세요, 선생님을 믿고 말해주는 거니까요. 며칠 전에 임신진단 테스트기를 사러 왔지 뭐예요."

"테스트 결과는요?"

나는 최대한 무심한 척 주변을 천천히 살피며 말했다. 그러다가 쓰레기통에 무참히 버려진 다른 쪽의 보행기 신발을 발견했다. 그것을 주우려고 막 손을 내려 뻗기 직전에 그녀가 말했다.

"결과는 뻔하죠. 임신이에요."

다음 날 하교하는 아이들 속에서 현만 교실에 남으라고 말했다. 현은 얼굴을 꼿꼿이 들고 나를 쳐다봤다. 나는 아이들이 모두 빠져나가기를 기다렸다가 현을 교탁 앞으로 오게 했다.

"지난번 광어회 뜨는 실습을 안 해서 어쩌니? 이번 중간고사 실습 점수는 광어회 뜨는 거니까 집에서든 학원에서든 연습 좀 해 와. 마땅히 연습할 곳이 없으면 실습실에서 규와 함께 연습해도 되고."

현을 보자 순간 달마다 우리 집 거실 창으로 찾아오는 커다란 달이 떠올랐다. 그녀는 달을 가졌다. 내가 가지지 못한 달을 가진 것이다. 나도 모르게 현의 손을 잡았다. 현은 슬슬 손을 빼듯 하며 뒤로 물러섰지만 그렇다고 내 손을 매몰차게 뿌리치지는 않았다. 현의 손이 내 손처럼 차가웠다. 보통 사람과 손을 잡으면 내 손의 찬 기 때문에 더 따뜻하게 느껴지는데 그런 것이 없었다. 나는 현과 처음으로 눈을 맞추고 말했다.

"너도 나처럼 손이 차갑구나. 대학에 가거든 일식을 전공해봐. 다른 사람보다 훨씬 맛있는 초밥을 만들 수 있을 거야."

그날 더 이상 다른 말은 하지 않았다.

약국 앞 붉은 신호에 걸려 서 있는데 란이 나를 알아보고는 유리문을 열고 빼꼼히 내다보았다. 그냥 지나칠 수가 없어 약국 안으로 들어갔다. 내가 들어서자 란은 나를 보고 환하게 웃었다. 옆에 네 살박이 딸아이도 함께였다. 나는 아이가 예쁘다며 머리를 쓰다듬었다. 아이는 어린이집에서 논다고 피곤했는지 곧 잠이 들어버렸다. 란은 아이를 안아 유모차에 눕혔다. 그녀가 말했다.

"남편은 이유 없는 불임에 힘들어했어요. 일 년 정도 병원을 함께 다니며 시험관 시술도 해봤어요. 그 기간이 고작 일 년이었죠. 그러더니 혼자 지쳐버렸어요. 힘은 여자가 더 드는데 말이에요."

뭔가를 계획해 날을 잡고 하면 뜻대로 되지 않는 것이 대부분이었다. 내가 듣고 싶다고 상대가 이야기를 해주는 것도 아니고 묻는다고 대답해주지도 않는다. 일기예보가 맞지 않아 좋은 이유는 우리는 늘 우산을 준비하고 다니지 않기 때문이다. 소낙비처럼 느닷없이 비가 내려야 비를 피하기 위해 멈추기도 하고, 듣고 싶은 이야기를 들을 수도 있기 때문이다.

갑작스러운 란의 고백은 며칠 전 내린 비처럼 내 온몸을 적셨다. 나는 갑작스러운 그녀의 고백에 당황하면서도 아이가 엄마를 닮아 참 피부가 희고 깨끗하다고 말했다.

"저는 비비나 선크림 같은 건 안 발라요. 일부러 그래요. 검게 하려고요. 내가 처음 시어머니께 인사를 드렸더니 글쎄 시어머니 첫 마디가 손이 너무 희구나. 속살도 손처럼 희니?

하고 물으시는 거예요. 나는 그렇다고 대답했죠. 사실이니까요. 그랬더니 속살이 흰 여자는 팔자가 세다며 돌아앉지 뭐예요. 결국 남편은 어머니에게 질질 끌려 다니다 이혼했죠."

"그럼 아이는?"

"남편이 떠났는데도 나는 시술을 멈출 수가 없었어요. 아이가 간절했죠. 병원에는 이혼했다고 말하지 않고 아이를 낳았죠. 이상하게 선생님을 보면 뭐든 말하고 싶어져요."

나는 그녀의 눈을 피해 이제야 만나게 된 보행기 신발의 주인을 찬찬히 살폈다. 신발의 주인은 더는 신발이 맞지 않을 만큼 발이 커져 있었다.

나는 쓰레기통에 버려진 신을 꺼내 내 얼굴 가까이까지 들고 있었다. 그녀는 신발을 받아 도로 쓰레기통에 던져 버리며 말했다.

"보행기 신발이에요. 약국에 오는 손님이 필요하다고 해서 주려고 챙겨 나왔는데, 그날, 열쇠 주워 주던 날요, 어디로 갔는지 신발 한쪽이 없어져서 쓸모없게 돼버렸지 뭐예요."

나는 더 이상 말을 잇지 못하고 자고 있는 아이 얼굴만 뚫어져라 바라봤다.

"현이 이야기는 소문 내지 마세요. 약사가 환자의 비밀을 지키지 못하면 사람들은 약에 대해서도 신뢰를 잃어요. 그래

서 저는 울타리도 없는데 우리 안에 갇힌 것처럼 유리문 밖
만 내다보며 한숨짓곤 하죠."

란의 시선이 약국 안으로 들어오기 전에 나는 빠르고 민
첩하게 보행기 신발을 잽싸게 집어 외투 주머니에 쑤셔 넣었
다. 미완성이던 그림을 완성한 기분이랄까! 스르르 마음이
누그러지고 편안해졌다. 이상한 경험이었다. 란은 상념이 그
득한 얼굴로 자고 있는 아이 곁으로 가서 아이 머리를 한번
쓰다듬고 다시 말했다.

"하늘도 참 무심한 것 같아요. 아이를 그런 곳에 먼저 주
고 말이에요."

현의 임신에 대해 더는 묻지 않고 밖으로 나왔다. 오늘 할
일은 다한 듯 피곤하고 나른했다.

다음 날 다시 현을 불렀다. 나를 바라보는 눈길이 한결
편안해 보였다.

"네가 점심도 제대로 못 먹고 화장실에서 맹물로 입만 헹
구어 내던데…… 지난번 일로 몸에 이상은 없는지 걱정이 돼
서 불렀다."

나는 현이 빠져나가지 못하도록 미리 준비한 질문을 했다.

"보셨어요?"

현이는 모든 것을 상실한 표정으로 나를 바라보았다. 그녀는 겨우 열여덟 살이다. 신이 나보다 먼저 그녀에게 아이를 선물로 주었다면 그만한 이유가 있을 것이고, 그것을 내가 알게 했다면 그 또한 이유가 있을 것이다. 나는 기회를 놓치고 싶지 않다.

"그럼……"

나는 최대한 다정한 눈빛으로 현을 바라보았다. 티끌만큼의 경계도 허락하고 싶지 않았다. 그녀를 최대한 이해하고 편안하게 해주고 싶었다.

"선생님 도와주세요."

현이 나를 드디어 선생님이라고 불렀다. 나는 먼 곳을 한번 바라봤다. 그리고 현에게 다시 물었다.

"예정일은 언제니?"

"정확한 것은 몰라요. 아이를 낳을 수는 없잖아요."

"왜 그렇게 생각하니?"

"……제가 어떻게……아이를 낳아요, 학교는 어떡하고요?"

"그럼 다른 방법은 있고?"

"없어요. 그래서 고민이에요. 규에게도 이제는 말해야 할 것 같아요."

"규가 너에게 뭘 해줄 수 있는데?"

"그래도 알아야 하지 않을까요? 애 아빤데."

"어리석은 소리구나! 물론 그렇기도 하지만, 너와 같은 처지인 규가 알아 봐야 뭘 할 수 있을까? 규 또한 어떤 뾰족한 대책을 내어놓을 수 있을까?"

"…병…원…비라도 구해 오지 않을까 해서요."

"그럼 너는 지금 아이를 죽이겠다는 거니?"

"죽인다는 표현은 쓰지 마세요. 그냥 없애는 것뿐이니까요."

"좋아, 어떻게 표현하든 그건 네 자유다. 하지만 생명을 함부로 하지는 말아라. 네가 일전에 나에게 뭐하고 했니? 규를 사랑하고 네 인생이니 신경 쓰지 말라고 하면서 결혼하면 된다고 말하지 않았니? 내가 지금 하려는 말이 바로 그거다."

"무슨 말씀이신지……"

"너를 닮은 아이……, 생각만 해도 예쁠 것 같구나! 그런 예쁜 아이를 왜 죽이려고만 하니……, 그래 내가 표현을 달리 해야지, 왜 없애려고만 하니? 사랑하는 사람의 아이도 낳고 결혼도 해야지."

"어떻게요?"

"걱정하지 마라. 네가 좀 전에 나보고 도와 달라고 했잖아. 내가 네 담임이니 널 이대로 모른 척하지 않으마. 나를 믿어. 내가 아이를 낳고, 학교도 졸업할 수 있도록 최선을 다해 도와줄 테니 걱정일랑 하지 말고. 주변에서 눈치채지 못하도록 조심이나 하고 있어."

현이 찾아온 날은 여름 방학을 일주일 남겨두고 있을 때였다. 그녀의 배는 바다처럼 고요했다.

현의 배는 날마다 그 모양을 달리했다. 달처럼 조금씩 차오를 때는 그 변화를 알아채기 힘들었지만 한번 차오른 배는 터질 듯 부풀어 아슬했다.

거실 창에 커다란 겨울 달이 떠 있다. 달은 살아 있는 생물이다. 그 달이 창을 넘어 내 방 전체를 가득 채웠다. 이상하게 그 달이 자꾸만 내 배 속으로 차오르는 것 같다.

중력의 한통속에서 피워 올리는 꿈
- 한경화 소설의 의미

정훈(문학평론가)

현대인의 삶을 지탱하는 가장 기본적인 토대에 대한 의문과, 이에 대한 해결 가능성을 탐구하는 일은 아주 오래 전부터 있어왔다. 형이상학적인 측면과 형이하학적인 측면에서 이루어진 탐구와 철학적 반성의 결과는 오늘날 우리가 보고, 느끼고, 겪는 바와 같다. 그러니까, 삶의 행복과 만족을 지속적으로 불어넣어 주는 제도와 문화의 측면은 도저히 무너뜨릴 수 없을 만큼 공고한 '차별'과 '편견'의 이데올로기에 쌓여 있으며, 물질문명의 급속한 발전은 '휴면'의 오염된 방식, 다시 말해 자기애에 바탕을 둔 이타성(利他性)의 확산에 기여하고 있다. 겉모양만 번지르르할 뿐 갈수록 삶에 대한 의문과 고민은 가중되며, 가족을 비롯한 사회공동체와 개인 사이의 갈등과 모순은 날로 정교해지고 복잡해지고 있다. 문학이 그러한 현실세계를 현미경으로 들여다보면서 진단하고 전망을 제시하는 문화적 장치라는 사실은 당연하다. 특히 소설의 경우 현실세계에서 살아가는 사람들의 군상과 심리적 양태를 곧잘 드러낸다. 어떤 의미에서 거의 모든 소설은 세태소설이라고 할 수 있다. 현실에 발을 딛지 않고 글을 쓰는 작가를 상상하기 힘들 듯이, 모든 작가는 현실에서 복잡하게 돌아가는 인간 삶의 톱니바퀴의 결을 쓰다듬고, 응시하며, 그리고 그 자취를 더듬는다. 문제적인 방식으로 문제적인 세계를 반영하고 드러내는 '문제적인 인물'인 근대소설 이후의 주인공들의 운명이 곧 현대인이 처한 운명이다. 그러므로, 소설 속의 인물은 주인공이냐 아니냐를 떠나 지금-이곳을 살아가고 있는 모든 현대인들의 초상이라고 보아야 한다. 한경화의 소설도 마찬가지다. 그의 소설은 현재 이 나라에서 흔히 볼 수 있을 법한 사건들과 기억들과, 그리고 이야기들로 채워져 있다. 개연성의 측면에서 소설가들이 주력하는 것은 너도 나도 그런 일들을 '겪을 가능성'이 있는가, 하는 창작방법론적인 측면의 구성일 터다. 즉 현실에서 소재를 취하되, 가능성의 형상화가 얼마나 자연스러운가이다. 여기에는 문제적 사건의 출발점과 과정, 그리고 사건이 종결되는 지점이 어떻게 발현되는가를 살피는 일과,

이 과정에서 제시된 작가의 메시지가 현실세계에 얼마나 의미심장한 소리로 독자들에게 들려주는가 추측하는 일이 수반된다. 한경화는 마치 일상의 스펙트럼에서 예리한 면도칼로 단면을 잘라낸 자리처럼 '평범하지만', 그렇다고 '예사롭지 않은' 느낌을 동반하는 풍경을 제시하며 서사의 첫 붓을 긋는다. 이런 경우, 작품 전체의 분위기와, 사건의 경과에서 빚어내는 인물과 환경 그리고 사상적 긴장이 어떤 빛깔로 채색될지 짐작할 수 있다. 이번 소설집에 수록된 작품 가운데 「종점」은 다음의 문장으로 시작한다.

이삿짐이라고 해봐야 트렁크 하나가 전부였다. (p. 9)

'이삿짐'과 '트렁크 하나'가 주는 그림은 흔히 떠올리듯이 떠남이나 이동과 밀접하다. 일정하게 머물던 공간에서 벗어나는 일은 새로운 세계로 진입함과 동시에 그 세계에서 일어날 예기치 못할 환경과 사건에 언제든지 동참하겠다는 무의식적 의지의 표현이기도 하다. 그렇기에 떠나는 일은 불안함과 함께 '달콤한 긴장'마저 품는다. 이유를 떠나서 이사를 하게 된 인물과, 마치 여행하듯 간단한 이삿짐은 언제라도 떠날 수 있고, 또한 언제라도 이 세계 구석구석을 미련이나 아쉬움 없이 돌아다닐 수 있음을 짐작하게 한다. 물론 어디까지나 '떠남'을 결심했던 상황과 배경을 제3자가 함부로 추측해서는 안 된다는 전제를 깔고서이다. "이삿짐이라고 해봐야 트렁크 하나가 전부였다."는 문장으로 운을 뗀 소설 「종점」은 미혼 상태에서 아이를 가졌으나 결국 아이를 지우고 동거하던 남자마저 달아나버린 주인공이 '종점미용실'로 이사를 하면서부터 시작된다. 시내 한복판도 아니고 번화가에서 멀찌감치 떨어진 버스 종점 언저리에 자리를 잡은 종점미용실이 손님들로 북적댈 이유가 없다. 며칠을 손님 없이 보낸 주인공은 바로 옆집에 사는 여자 '예슬'을 알게 되고, 아이를 가진 예슬이 주인공이 세를 얻어 운영하는 미용실의 보조를 맡게 된다. 예슬이 만삭의 몸으로 찾아간 산부인과 원장과 주인공, 그리고 과거 한 남자를 사랑하게 되어 동거를 하다 아이를 가졌지만 어쩔 수 없이 남자와 아이마저 떠나보낸 채 홀로 들어오게 된 종점마을의 풍경은, 한적한 도시 변두리 곳곳에서 벌어질 법한 다양한 인간 군상들의 애환과 사연을 되짚게 한다. 이 소설에서 벌어지는 사건들은 저마다 상처를 지녔지만 어쩔 수 없이 드러내지 않은 채로 갈등과 마찰을 빚으면서 두드러진다. 이야기의 핵심은 '출산'이다. 미용실을 운영하는 주인공은 출산하고 싶었지만 동거남의 변심과 이

어진 가출 때문에 아이를 지운 채 이곳저곳을 전전하는 처지다. 그리고 그가 마침내 이사한 종점미용실 옆집에 사는 스무 살의 예슬 또한 남자와 동거를 하며 아이를 출산한다. 예슬이 출산한 산부인과 원장은 질환으로 아이를 가지지 못한 여자였다. 그러면서 낙태수술을 일삼거나 돈을 받고 아이를 입양시켜 영업정지를 받은 적이 있다. 출산과 관련한 주인공을 포함한 세 여성의 사연이 안타까운 듯하면서도 결국 서로가 서로를 위하는 '이타적 삼각편대'를 구성하며 희망을 좇는 줄거리의 소설이다.

순간 나는 그 옷을 향해 돌진했다. 최대한 빨리 내 손아귀에 옷을 넣어야만 할 것 같은 강한 의지가 나를 앞으로 나아가게 했다. 그런데 나보다 먼저 그 옷을 낚아채듯 재빨리 움켜잡는 손이 있었다. 굵은 웨이브의 그 여자. 산부인과 여의사였다. 나팔관이 막혀 정작 자기 아이는 갖지 못한다는 그 여자. 그녀는 그 연한 노란 아이 옷 하나를 재빨리 자신의 가방 속에 쑤셔 넣었다. 나는 그녀가 훔치는 것을 누가 보지나 않았는지 주변을 두리번거렸다. 그리고 박쥐 날개처럼 바바리 자락을 활짝 펼쳐 그녀를 온몸으로 감쌌다. (p. 38~39)

작품의 마지막 대목이다. 서술자(미용실 주인)는 옆집여자인 예슬이에게 도움을 주면서 아이를 출산하게끔 하고, 산부인과 여의사는 그런 예슬이의 출산을 도왔다. 그리고 아이를 갖지 못한 강박관념이 원인이 된 것인지 모르겠지만 우연히 백화점에서 만난 여의사의 절도행위를 눈감아주는 서술자의 행동에서 세 여자가 알게 모르게 서로에게 조력자의 구실을 하고 있었음을 알 수 있다. '종점'이 더 이상 나아갈 수 없는 의지의 막바지 지점이 아니라, 원한다면 언제든 다시 나아갈 수 있는 공간임을 작품은 넌지시 제시한다. "종점은 말이지. 목적지의 끝이 아니라 새롭게 출발하기 위해 잠시 머물다 가는 곳이지."라고 말했던 복덕방 할아버지의 말이 작품의 초반에 나온다. 뜻대로 되지 않고 자꾸 꼬이기만 하는 일상에서 새로운 희망을 잃지 않는 자가 되찾는 꿈에 대한 메시지를 「종점」에서 읽을 수 있다.

아이 출산을 둘러싼 여성들의 비루한 기억과 체험이 '희망'이라는 본능적인 정신지향으로 나아갈 때에도 세계는 달라질 게 없다. 이 사실은 누구나 알고 있다. 우리가 살아가는 현실세계에서는 온갖 희망과 꿈, 그리고 이상이 마치 신기루처럼 우리를 손짓하고 있기 때문이다. 그런데도 이 세계가 선사하는 우연성과 돌발성은 마치 지옥의 한복판에서 허우적대는 인간사회의 단면을 연출하곤 하는 것이다. 항운노조에서 일어난 비극적이면서도 아이러니한 사건을 핍진하게 묘사한 「비린내」가 이를 잘 보여준다. 항운노조 사무실에서 서기로 근무하는 화자가 바라본 노조의 모습은 우리 사회의 일면을 묘사하듯 그리 유쾌하지만은 않다. 아니 그로테스크하기까지 하다. 미대 회화과 출신의 화가지망생이었던 화자가 생활의 방편으로 임시로 들어온 항운노조 사무실에는 지부장과 경리, 그리고 몇몇 직원들이 근무하는 곳이다. 여기에 감춰진 지부장의 공금횡령과, 화자의 계속되는 부정한 금품 수령 등이 '비린내'라는 상징으로 형상화된다. 화자는 정기적으로 신장투석을 받는 신부전증 환자다. 화가가 되고 싶어 했지만 아버지의 뒤를 이어 항운노조의 서기로 근무하면서, 어쩌다 허한 날엔 창녀촌 '화월장'에 들러 불온한 현실을 잊곤 하는 남자다. 원하지 않은 근무지에서 괴로워하지만 별수없이 그들과 '한 몸'이 되어버린 현실과 신부전증을 앓고 난 뒤부터 찾아온 심한 허기와 죽음에 대한 공포는, 횡령사실이 들통나 경찰과 대치하다 결국 신나를 몸에 붓고 자살한 지부장을 보고 극심해진다.

"내 몸에서 비린내가 나는지 맡아 봐."

여자는 어리둥절해하면서도 코를 킁킁거리며 나에게 다가왔다.

"방 안 가득 비린내가 진동을 하잖아. 비린내 때문에 숨조차 쉬기 힘든데, 냄새가 안 나냔 말이야?"

숨을 몰아쉬며 소리를 지르자 여자는 냄새를 맡던 일을 관두고 멀찍이 서서 나를 이상한 눈으로 바라보았다. 나는 두 손으로 몸에 붙은 비린내를 사정없이 털어내기 시작했다. 비린내가 먼지라도 되는 것처럼. 여자가 그런 나를 멍하니 바라보다가 돈값을 해야 되겠다고 생각했는지 내 옷을 벗기고 내 무릎 아래에 쭈그려 앉았다. 여자가 자기 할 일을 하는 동안 나는 그냥 허깨비처럼 서 있었다. 불타버린 지부장의 모습이 환영처럼 떠올랐다. 여자의 얼굴, 가슴, 심지어는 음부에도 온통 검게 탄 지부장 얼굴이 어른거리고 있었다. (p. 99~100)

'화월장'에서 돈을 주고 하룻밤을 자게 된 여자에게 서술자가 취한 행동을 보면, 지독하게도 현실에 환멸을 느꼈던 인물의 심리를 짐작할 수 있다. 예기치 못하게 경찰이 들이닥치자 도망치다 목숨을 잃은 지부장과 서술자는 어떤 면에서 공통점이 있다. 현실에 순응하면서도 현실을 부정하려고 했던 점이다. 현대사회가 사람들에게 환영처럼 불어넣는 자본주의적 가치는 실상 인간성을 좀먹는 마약과도 같다. 순간적인 쾌락을 좇는 현대인들의 심리 이면에는 늘 주린 듯 갈증으로 가득 차 있다. 제 뜻과는 상관없이 꿈을 저버린 채 정글과도 같은 사회에 내던져진 화자에게 삶의 의미는 무엇이었을까. 심리적 도피처로 삼은 '화월장'은 극명하게 단순한 가치관을 지닌 주인과 접대부들이 사는 곳이다. 물론 이들에게도 삶의 의미를 찾으려는 몸부림과 마음은 있을 것이다. 우리 삶에서 '비린내'는 말끔히 떨쳐버리고 싶은 그 무엇이다. 하지만 그것은 마음 먹은 대로 가시지 않는다. 부단히 씻어내고 싶어 하지만 하루하루가 지나면 언제 그랬냐는 듯 살갗에 끈적하게 달라붙는다. 이는 삶의 진정한 가치와 행복의 표면에 끼어드는 먼지와도 같은 것이다. 소설은 이러한 부정적인 존재성과 참된 가치가 싸우는 모습을 통해 우리 인간이 무엇을 지향하고 무엇을 버려야 하는지 일깨워준다.

한경화의 작품들은 잃어버린 기억들에서 삶의 소중한 의미가 무엇인지 알려주는 작가의 목소리가 들어 있다. 구질구질한 삶에서도 우리에게 속삭이면서 무엇이 참된 윤리이며, 또한 무엇이 우리 삶을 좀먹게 하는 달콤한 유혹인지 가

려내게끔 부추긴다. 그렇지만 현실과 마찬가지로 소설 속
인물들도 중력이 잡아당기는 물적 관성을 떨쳐버리지 못한
다. 겉으로는 멀쩡하고 선하기만 하지만 실상은 자신도 어
찌할 수 없는 욕망으로 가득 찬 존재임을 여실히 보여준다.
자본주의 사회에서 물질적 가치가 지니는 중요성은 두말할
필요도 없다. 인간관계에서 빚어지는 거의 대부분의 파멸과
불통, 그리고 갈등의 원인에는 이러한 물질을 떠받드는 인
간 심리가 끼어 있다. 사랑도 마찬가지다. '사랑'이라는 정
신적인 가치가 물질성에 종속될 때 흔히 신파와 조롱거리로
전락하게 된다. 「봄비」와 「가려진 시간」은 지순한 사랑이나
헌신이 어떻게 일그러지고 어떻게 망가지는지 잘 보여주는
작품이다.

　　며느리는 늙은 시어머니 머리채를 잡더니 그대로 힘껏
벽에 밀어붙였다. 시어머니는 쿵하는 소리와 함께 벽에 부
딪치더니 그대로 쓰러진 채 일어나지 못했다. 며느리는 그
래도 분이 풀리지 않는지 시어머니 곁으로 다가가서는 머리
채를 잡고 마구 흔들어댔다.
　　상우는 자신의 눈과 귀를 의심하며 한발 뒤로 물러서다
박카스 상자를 떨어뜨렸다. 빗소리에 유리병 깨지는 소리

가 둔탁하게 들렸다. 방 안의 며느리가 화들짝 놀라는 것을 보고, 상우도 허둥지둥 그 집을 벗어났다. 마루 끝에 선 며느리는 깨진 박카스 병을 발견하고는 마당에 맨발로 서서 주변을 살폈다. 아무도 없는 것을 확인하고는 그 자리에 철퍼덕 주저앉아 짐승의 울음 같은 소리를 쏟아내며 울었다. (p. 58)

「봄비」의 한 장면이다. 구청 사회복지과에 근무하는 상우가, 치매에 걸린 시어머니를 지극히 모신 어느 며느리가 구청장의 표창을 받기 전, 형식적인 절차의 하나로 그 집을 방문하게 된 날이었는데 인용한 풍경을 목격하는 장면이다. 며느리 홀로 시어머니를 친정어머니처럼 모시는 것도 흔한 일은 아닌데 치매까지 걸린 시어머니를 봉양하는 일은 더더군다나 사람들에게 칭송을 받아야 마땅할 일이다. 여기에는 자기 삶에 대한 애착이나 돌봄은 포기하게 되는 일이 흔하다. 그래서 소설 속 며느리는 몇몇 보조금을 받을 뿐만 아니라 "구청이나 마을행사 때 여기저기 불려 다니는 유명인사"가 되었다. 사람들이 볼 때 며느리는 자신의 삶을 희생시켜 병든 시어머니를 모시는 효부요 천사다. 하지만 상우가 방문을 위해 들른 광경은 알려진 바와 딴판이었다. 그야말로 시어머니에 대한 폭력이 난무하는 장면에 상우는 넋을 잃고 만다. 인간 사회의 미덕인 희생이나 봉사와 같은 윤리 이면에는 모두 그렇지는 않겠지만 자기욕망과 자기배신이 들어 있는 경우가 많다. 사람들의 이목과 관심 때문에 윤리적 실천을 행하는 경우도 많지만, 사실은 뿌리 깊은 인간사회의 욕망구조가 이런 아이러니한 상황을 연출하는 것이다. 전통적인 가치라 믿고 있는 공동체 윤리, 다시 말해 충효를 비롯한 가부장 이데올로기에 순응하는 것, 혹은 질서와 평화를 위한 사회문화적 장치가 작동하는 데서 우리가 쉽게 간과하는 사실은 그 속에 폭력이 숨겨져 있다는 점이다. 폭력은 개인과 개인, 그리고 개인과 집단 사이에 눈에 보이지 않게 만연해진 모방 욕망이 임계점에 다다랐을 때 비로소 드러난다. 이러한 폭력양상은 언제든 터져 나올 수 있다. 개개인의 성향을 말하는 게 아니다. 며느리가 보여준, 시어머니에 대한 상상하기 힘든 폭력은 시어머니-며느리의 전통적인 관계시스템에서 오랫동안 내면화되어 온 '희생의식'에서 싹튼 자기욕망의 반영일 뿐이다. 물론 극화(劇化)된 측면이 없지 않지만, 모든 사람들은 시간이 흐르면서 자연히 익혀온 정신문화적 풍토와 자신의 정체성 사이에서 벌어지는 갈등과 대립을 의식한다. 공동체 윤리에 반하는 현상으로 갈등이 표면화되는 경우 개인은 공동체와 사회의 지탄을 받게 되고, 이로써 윤리 대 반(反)윤리가 성립하면서 공동체의 질서유지와 관계회복에 또 하나의 이데올로기로 작용하는 것이다.

「가려진 시간」에서 에이전트의 호출로 수상한(?) 거래행위를 통해 생계를 이어가는 화자가 어느 날 병원에서 시한부 삶을 판정받은 여인을 만나 여인으로부터 여인의 남편과 잠자리를 부탁받은 에피소드도 마찬가지다. "내 남자를 유혹해 줘요. 그리고 그 남자를 당신의 남자로 만들어요."라 부탁하는 여인과, 어쨌든 거래를 하기로 작정해 여인의 집에 들어온 서술자, 그리고 아내의 이런 은밀한 계획을 뒤늦게 알게 된 여인의 남편이 받았던 충격이 얼개인 이 소설에서 중요한 것은 화자의 이색적인 직업보다는 여인의 계획과 행동이다. 물론 현실에서도 이런 일이 일어나는지는 확인할 길이 없지만, 죽어가는 자신을 대신해 남편의 여자가 되어달라는 요구는 쉽사리 수긍하기 힘들다.

"난 내 남편이 내가 죽은 다음에도 나를 생각하고 나를 그리워하는 걸 원치 않아요."

길게 숨을 몰아쉬고는 계속 그녀가 말했다.

"보통의 여자들은 떠날 때조차도 남은 남편의 사랑을 갖고 가고 싶어 한다지만 나는 아니에요. 나는 내가 완전히 남편한테서 잊히기를 바래요. 그게 내가 남편을 사랑하는 방식이에요. 그러니까…… 꼭 내 눈으로 그걸 확인하게 해줘요. 내 남편 곁에 내 맘에 드는 여자가 있는 걸 보고 떠나고 싶어요. 이제 시간이 없어요. 더 이상 미루지 말아요. 남편은 틀림없이 지영 씨를 거절하지 못할 거예요." (p. 122)

'사랑'과 '성'이 교환의 대상이 된 지는 오래다. 지고지순한 영역이라 믿고 있는 사랑(에로스)과, 그 사랑의 자연스러운 행위인 성이 어떻게 자본주의 시장에서 물질을 매개로 교환되고 은폐되는지는 우리가 익히 보고 듣는 것과 같다. 「가려진 시간」은 여기에서 한발 더 나아가 부부 사이의 사랑과 성마저 교환의 대상으로 설정하고 있다. 이것이 어떻게 가능한가. 우리시대의 일그러진 사랑법이라고 하기에는 뭔가 숨겨져 있는 듯하다. 여인이 제안한 거래는 사실 병을 앓고 난 이후 남편과 잠자리가 힘들어진 일도 원인으로 작용했겠지만, 한 남자에 대한 사랑이 그런 거래방식으로 마무리되고 있는 사실에서 '사랑'에 대한 관념을 다시 생각하게 된다. 이 소설은 한 여인의 기구한 삶에서 비롯한 아이러니하고 비틀어진 사랑에 관한 이야기다. 여기에서 화자인 여성이 보여주는 적극적인 협력은 '돈'을 매개로 해서만 이해할 수 있다. 아무렇지도 않은 듯 살아가는 사람들이지만 속사정은 천차만별이다. 사랑하기 때문에 돈을 주고 산 다른 여성을 남편에게 양보한다는 스토리가 일면 상식 밖의 일처럼 보이지만, 그만큼 우리사회에 만연한 윤리적 파탄이 사랑의 관념에까지 침투했다는 사실을 기억할 필요가 있다. 작가가 염두에 둔 메시지가 무엇이든, 이 소설은 지금까지 우리가 자명하다고 여겼던 공동체의 관념이 어떻게 허물어지고, 그래서 어떤 경로로 해서 다시 회복하는지 묻게 한다. 파격적인 소재를 통해 현실에서 금이 간 영역이 무엇인지 생각하게끔 하는 작품이다.

한경화의 이번 소설집에서 「기찻길」은 실제 지역의 현안이 되었던, 동해남부선 복선화로 해운대역과 송정역 사이의 기찻길 보존방안이 배경인 소설이다. 보험회사 센터장인 화자는 상품 계약을 위해 만난 배 사장이 자신을 모텔로 이끌자 그녀를 뒤로하고 뛰쳐나와 어릴 적 아버지가 근무했던 기차역 쪽으로 달려간다. 어릴 때 가족들과 살았던 기찻길 주변이 개발로 확연히 달라지고 변화해진 풍경과, 개발이냐 보존이냐의 논리로 대립 시위하던 사람들을 목격하고 돌아선 화자의 모습을 작가는 이렇게 그렸다.

나는 바다가 보이는 쪽으로 돌아섰다. 그리고 저 멀리 파도가 하얗게 밀려오는 것을 보았다. 한참이나 그렇게 파도의 하얀 포말을 바라보는 동안 나는 깨달았다. 내 속에 밀려온 불덩어리. 그건 다름 아니라 어떤 부끄러움이라는 걸. 기적과 함께 아버지의 그 붉은 깃발이 나에게 부끄러움을 깨닫게 해준 것이라는 걸. 나는 멀리서 깃발을 흔드는 아버지를 향해 걷는다. (p. 170)

대학선배인 지점장의 강압과도 같은 권유로 '큰 고객'인 배 사장과 만나 거래를 성사시키려는 찰나 뛰쳐나온 화자는 무엇을 부끄러워했을까. 업무능력을 인정받기 위해 선택한 고객과의 '은밀한 접촉'일까, 아니면 역무원으로 더러 깃발을 흔들던 아버지를 보며 부끄러워했던 자신에 대한 부끄러움일까. 둘 다 해당할 것이다. 그리고 그 둘을 포함해 '장소'가 없어지는 것과 관련해서 이를 돈의 논리로만 보는 사람들에 대한 부끄러움도 들어갈 것이다. 아니면 개발논리로 사람들의 추억과 온정마저 사고파는 거래의 대상이 되어버린 현실에 대한 부끄러움일 수도 있다. 주거환경이 변하면 사람들도 바뀐 환경에 적응하게 된다. 그리고 바뀐 주거환경이 곧 지금 이곳의 체험과 시각을 규정해주는 중요한 요소가 되는 것이다. 지금은 옛날로 돌아갈 수는 없지만, 지켜야 할 것과 유연하게 바라보아야 할 것이 무엇인지 합리적이면서 인간적인 방법을 모색해나가는 과정에서 사람들의 기억 속에 인화된 우리사회의 단면의 채도가 달라지지 않을까. 작가는 잃어버린 추억을 소환하는 자리에서 개발논리의 실상을 위 소설로 형상화한 것이다.

한경화의 소설은 우리사회의 부조리와 갈등을 극적인 스토리와 메시지로 도려내기 전에 담담하게 이루어지는 인물들의 관계와 이야기 속에서 은은하게 흐르는 인간실존의 욕망과 꿈의 구조를 보여준다. 여기에는 불온한 욕망에서 비롯하는 비극적인 결말도 존재하지만 무엇보다도 인간에게 가장 필요한 것이 무엇인지 되묻는 작가의 목소리가 녹아 있다. 요리선생인 화자가 가르치는 학생의 일탈과 이를 따뜻이 보듬어주는 내용인 「달이 머무는 곳」에서도 여실하다. 어머니와 갈등을 빚은 학창시절 요리학원을 다니며 요리사 꿈을 잊지 않은 채 학생들에게 요리를 가르치는 화자의 제자가 같은 학교 남학생과 일탈해 임신을 하게 된 한 여학생에게 보여주는 모습은, 세대 차와 계층 사이의 갈등이 두드러지는 우리사회에서 어떻게 화해와 배려를 베풀어야 하는지 일깨

위준다. 물론 이 소설이 교훈소설은 아니다. 언뜻 소품처럼 느껴지는 소재이긴 하지만, 작가가 여러 소설에서 주된 소재로 들고 온 '임신' 모티프를 통해 생명의 잉태가 지닌 소중한 의미, 그리고 이러한 생명체들의 집합체인 인간사회의 메커니즘에서 되찾아야 할 가치를 되묻는 것이다. "거실 창에 커다란 겨울달이 떠 있다. 달은 살아 있는 생물이다. 그 달이 창을 넘어 내 방 전체를 가득 채웠다. 이상하게 그 달이 자꾸만 내 배 속으로 차오르는 것 같다."「달이 머무는 곳」의 끝 문장이다. 겨울달이 자신의 뱃속으로 들어와 차오르는 상상을 통해 화자가 지향하는 마음의 한 자락을 만지게 된다. 이 문장은 아무래도 이번 소설집의 주제의식을 단적으로 표현한 것처럼 보인다. 부정적인 요인들로 피폐해져만 가는 현대인들이 애타게 갈구하는 것이 무엇인지 생각하면, 달이 자신의 뱃속으로 들어오는 은유적 상상력은 의미심장하게 다가온다. 그것은 꿈이 아닐까. 자빠지고, 흔들리고, 슬픔에 휩싸이고, 절망에 빠지면서도 결코 놓아버릴 수 없는 꿈. 작가는 이 꿈을 잊지 않고 지켜내고자 하는 인물들의 풍경을 이번 소설집에서 드러낸 것이다. 자본주의적 생활양식이라는 거대한 중력을 거부하기 힘든 현실세계에서, 사람다움을 포기하지 않고 살아가는 사람의 정신적인 품격은 어떠해야 하는

지 작가는 말하고 싶어 했는지도 모르겠다. 그것이 '임신'의 형상이든, 아니면 '장소성'의 회복이든, 그것도 아니면 잃어버린 사랑의 회복이든 상관없이 작가는 불온한 이 세계에서 따뜻한 그 무엇이 분명 존재하고 있다는 사실을 이번 소설집에서 말하고 있다. 이것이 한경화 소설의 의미이다.

첫 번째 소설집이다.

이 이야기를 쓰는 데 칠 년이 걸렸고 세상 밖으로 나오는 데 사 년이 걸렸다. 십 년이 넘는 세월 동안 나는 글쓰기에 매달렸고 그 시간들이 행복하지만은 않았다.

여섯 편의 이야기가 세상 밖으로 나올 수 있다는 데 감사하다. 이 소설들을 읽는 모든 사람들이 잠시나마 위로받기를 바란다.

2021년 8월
한경화

수록작품 발표지면

종점 … 2017 제54회 한국소설 신인상 당선작

봄비 … 무크지 『쨉 Vol.7 탈진』 2019

비린내 … 『좋은 소설』 2019 여름호

가려진 시간 … 『사람의 문학』 2021 가을호

기찻길 … 『작가와 사회』 2021 봄호

달이 머무는 곳 … 『한국소설』 2021 9월호

봄비

초판 1쇄 발행 2021년 9월 6일

지은이 한경화
펴낸이 강수걸
기획실장 이수현
편집장 권경옥
편집 신지은 강나래 김리연 윤소희
디자인 권문경 조은비
경영관리 공여진
펴낸곳 산지니
등록 2005년 2월 7일 제333-3370000251002005000001호
주소 부산시 해운대구 수영강변대로 140 BCC 613호
전화 051-504-7070 | 팩스 051-507-7543
홈페이지 www.sanzinibook.com
전자우편 sanzini@sanzinibook.com
블로그 http://sanzinibook.tistory.com

ISBN 978-89-6545-745-9 03810